Georgina Greco y Herrera

La Leona
de México

EDITORIAL
LIBRA
SA DE CV

www.editorialscorpio.com.mx

S

Idea original y temas de contenido: Georgina Greco
Colaboración pagada y remunerada: G.G.H

ISBN: 9706061908

Segunda Edición: Mayo de 2003

Impreso en México
Printed in Mexico

Índice

Capítulo 1

Pelos de Diabla

El cielo de Tlalpujahua tenía una tapa de murciélagos y debajo iba corriendo María de la Soledad Leona Camila Vicario de San Salvador y Montiel.

Pelos de Diabla la llamaba por lo bajo Tacha, una de las indias que servían en la casa de los Vicario y San Salvador, molesta por la rebeldía indomable de la criollita y miedosa de aquellos colores que mezclaban el rubio, el castaño y el rojizo en la melena bronca.

Pelos de Diabla, porque no se dejaba hacer el chongo casto ni las trenzas apretadas y cuando la perseguía con el peine de marfil la maldecía en náhuatl o en latín, como si fuera un engendro demoníaco escapado de Catedral.

Pelos de Diabla ya había cumplido veinte años y corría con fuerza creciente entre un viento de cardos y ramas que le arrancaban mechones para colgarse de lo verde, como en arbolitos de zócalo.

Se le erizaban de rabia los cabellos de la nuca con el aliento imaginario transmitido en los jadeos de cuatro hombres que corrían tropezando con las piedras y tosiendo maldiciones.

—¡Párate, *hijaeputa*!

—¡Que te pares, *machorra cabrona*!

Las carcajadas burlonas de la muchacha despertaban a los pájaros de los árboles y sus pies descalzos pulían las rocas como ala de cenzontle. Sentía alrededor de los tobillos delgados las plumas invisibles que prestaban velocidad divina a los hombres correo del Reino de Texcoco. La piel fina transparentaba los músculos de los brazos delgados como cuerditas rojizas de venas azules. Arriba, sonaban los chillidos de los murciélagos y abajo, se escondían las tuzas y los cacomixtles.

No volvía los ojos para ver a los soldados realistas. En su cabeza se escuchaba aquel tambor, el teponastle, siempre presente de la mano con su cólera.

—¡Qué te detengas *putísima*!

—¡Párate, güila!

Echaba atrás la cabeza para que la risa escapara hacia arriba. Le borboteaba la sangre india arañando a la gachupina para que no le pesara en los talones. Dentro de su cabeza escuchaba el sonido del Caracol de Guerra.

Un muro negro... un muro grande como podría verse la lápida desde el fondo de la tumba si la tierra se volviera transparente. Un muro que se acercaba a su cuerpo como si se adelantara con pasos de hombre. Piedra gris sobre piedra negra devolviéndole el eco burlador de su propia risa... El muro maldito del

cementerio... Los muertos contra los vivos...
Muchas piedras regadas que la pared vomitó
porque le sobraron. Muro largo, muro maldito.

Leona desconocía las murallas; el
teponastle le sonaba más fuerte, aún más
ronco, como si manos guerreras lo tundiesen
a golpe de acero... La espuma de la rabia le
manchó los labios y le brincó a la blusa.

Erizada y fiera, india y puma, trepó
mágica a las piedras, estirando los brazos en
busca del final del muro, ya adivinando las
tumbas por donde saltaría. Bufaba como animal y resorteaba sobre las piernas cayendo
con precisión de cirquero enloquecido en las
puntas de los pies y sobre la misma roca
trampolín...

—¡Ya te jodiste, *putilla*!

—¡Ya te agarramos, ramera!

Recargó la espalda breve contra la
piedra volcánica y esperó a los cuatro realistas

amachando los pies contra la roca. Abrió la boca en otra carcajada y enroscó las manos como garras al tiempo en que un relámpago le iluminaba los ojos verdosos, desvariados...

Se acercó el más joven, y estirando el brazo quiso jalarla de la enagua. Leona se acuclilló para meter la mano izquierda en el ojo que tenía más cerca. Con los dedos abiertos y las uñas al frente, retiró la mano después del zarpazo brutal.

El realista se tapaba la cara revolcándose entre las piedras...

—¡Ya se lo *chingaron*, sargento!

—¡Agárrenla, agárrenla!

Como el puma agazapado en el peladero, Leona esperaba al segundo, que logró aferrarla por el cuello tirándola del pedrusco para caer enredados los dos en la tierra; él con media oreja menos y ella escupiendo un pedazo de carne con sangre...

Se retrepó en su piedra con un rugido suave.

Dos realistas menos, dos traidores que se revolcaban en el suelo. La pedrada la tiró en la tierra negra y dos se le fueron encima. Uno, llevándose el premio de unos dientecitos filudos prendidos a su mano izquierda. El otro, la sacudió de un golpe sobre la sien con el puño muy apretado.

Por el campo negro, en el mes de enero, dos hombres arrastraban a la leona...

Capítulo 2

¡Agarra bien tu lanza, Miguel!

Quince de abril de 1789. Parroquia del Arcángel San Miguel. Gaspar, el español acaudalado, sostenía entre las suyas la mano helada de Camila de San Salvador y Montiel, su mujer hacía dos años. Los ojos verdes horadaban la cabeza fina de la noble acolhua como queriendo apresar sus pensamientos.

Camila, frágil y elegante, de cabellera nocturna y nariz fina, pequeña, con aquella mente encarcelada que jamás asomaba a su boca y que Gaspar bufaba en vano por poseer. Tan distinta de la difunta, la española jacarandosa y bailarina que se quedó sepultada en la Madre Patria y de la que Gaspar conocía cada pensamiento, la que por toda herencia le dejó a Luisa, media hermana muy mayor de Leona.

La Camila era silenciosa –como buena india, murmuraban bajo los asociados españoles de Gaspar– y sólo a veces sonreía como hacia adentro, sin revelar siquiera aquellos dientes transparentes de tan blancos que enloquecían a Gaspar al extremo de morderle suavecito los labios algunas noches.

La Camila sonreía con ojos fijos de serpiente coralillo sobre la espalda de su hermano, Agustín de San Salvador y Montiel, Abogado, Oidor de La Real Audiencia y de La Real y Pontificia Universidad, que por trabajar como una mula para sostener a la madre viuda y a los hermanitos, no gozó como Camila del aguijoneo de la Matriarca Isabel, que empujaba a sus cuatro hijos para que leyeran a los Clásicos.

"Esa niña que tienes en los brazos, Agustín... Esa niña no es cualquiera, hermano. Tiene alma de varón y zarpas de puma... Esa niña, Agustín. Esa niña..." Y entre los pensamientos de doña Camila resonaba la trompeta grave de las Caracolas del Reino de

Texcoco que cuando despertaban en su cabeza anunciaban cosas grandes.

El Oidor de la Real Audiencia sentía los ojos de su hermana en las primeras vértebras: "Esta niña, ¿será extraña y silenciosa como Camila? Ya se verá. Y se verá que tenga un buen marido. Yo me encargo de que no sufra necesidad y la protejan... se ve tan desvalida".

A la orden del oficiante, Don Agustín despojó a Leona del gorrito fruncido en listones y la empinó de cabeza sobre la piedra bautismal.

La niña estaba endiablada, dijeron luego los presentes. Que su chillido de rabia hizo bailar a la propia imagen del Arcángel, que hasta iba soltar la lanza. Hay quien sostuvo que de la cabecita coronada por un mechón rojizo, y brillante de tan calva, salió una pequeña voluta de humo al contacto con el agua bendita. Y después del alarido se quedó en silencio; no sollozó ni lloró, sólo apretó los párpados como no queriendo ver a quienes le habían faltado al respeto. Luego, Camila vería las huellas de sus uñas en las palmas de las manitas.

—¿Viste, Manuel? Por poquito la suelta el padrino del susto que se llevó –dijo Luisa, la hermanastra de Leona al oído de su esposo, que le había prohibido hablarle de frente porque el hedor de su boca era inaguantable. El Marqués se santiguó.

Camila seguía sonriendo: "Esa niña no es cualquiera, hermanito".

Más de trescientos invitados a la comida del bautizo de Leona.

Siete cazuelones de moles diferentes, meneados por siete criadas trenzudas de tres enaguas plegadas, para que no se pegara la almendra, el chocolate, la canelita o las siete variedades de chile en las piezas de gallina gorda.

Unas con el mole poblano, otras con el Negro de Oaxaca, algunas con el Pipián hecho con semillas de calabaza. El ajonjolí tostado esperando paciente en un canasto.

Sazonándose en las cazuelas para quien no gustara de la carne blanca de las gallinas, las carnes rosadas de cinco cerdos que se empezaron a alimentar con cacahuate, dulces, leche y almendras desde que el cielo bendijo el vientre de Camila con la presencia inicial de la semilla que sería Leona.

El ruido sincronizado de los aventadores avivando los carbones prendidos en las estufas cubiertas con azulejo de Talavera, mezclado con la palmada necia de las mujeres que desde las cuatro de la mañana habían molido el mejor maíz de los plantíos para hacer tortillas blancas en el comal, de ésas a las que se les hincha el pellejito si están bien torteadas por una mano buena.

A un lado, los *chiquihuites* vestidos con servilletas exquisitamente bordadas en

Jalostotitlán, esperando la llegada de las tortillas.

Las cazuelas de los postres preparados el día anterior: dulces de piñón, de almendra y nuez. Calabazates de cáscara durita y dulces tripas blandas. Jamoncillos de leche traídos de Puebla y cajetas de Celaya. Los frascos de cristal húngaro borrachos con rompope de sabor para las señoras y los decantadores en hielo dándole escalofrío al champaña o entibiando el coñac.

En el salón de recepciones de los Vicario y Fernández, los invitados circulaban entre divanes forrados de seda, mesas grandes, rinconeras y espejos con marcos de oro repujado, maderas de bálsamo y enormes arañas que colgaban de los techos con cristal azul zafiro y bordes dorados.

Acostadas en las mesas gigantescas de los jardines, las vajillas de Sajonia, vinagreras, braseritos, saleros y los cubiertos de plata sólida reflejados en los vasos de Bohemia...

Al anochecer, en la cuna apostada junto a la cama de los padres, Leona soñaba que estaba jugando con un puma, allá, bajo los árboles del campo.

Veía que a pocos pasos la vigilaba Netzahualcóyotl, el *siempre abuelo*, –como ella lo llamaría–. Muy alto de estatura y sobrado de músculos, con los cabellos oscuros y suaves hasta el hombro. Llamaba la atención la frente vasta y sus ojos sibilinos, enormes y con los párpados superiores pesados que le daban apariencia de soñar. La nariz, fina y recta, aleteaba donde las fosas nasales, como animal que otea presa. Lienzo blanco cubriéndole apenas de la cintura al muslo y un enorme puñal de plata y obsidiana al costado, poeta, guerrero, rey y leopardo.

El sol se giraba encandilado al rebotar contra la piel joven y bruñida del Gran Señor del Reino de Texcoco. La sonrisa de dientes parejos provocada por la visión futura de aquella niña brava que ayudaría a liberar a su pueblo. Rama, flor y sangre, no la sentía como descendiente, sino como hija.

Don Gaspar, que había contribuido a su matrimonio con Luisa, una hija mayor que era tan diferente de la pequeña Leona como el aceite del agua, tenía poca relación con ella: Modosita, floja por naturaleza, liosa, dormilona y de carácter desnutrido. Dueña de una belleza mortecina, muy ayudada por los afeites. Celosa de Leona y la peor enemiga oculta de Camila, su joven madrastra.

Pronto, cuando cumplió los catorce años, su padre la puso a salvo uniéndola ante el altar con un hombre mayor, el Marqués del Apartado. Él la protegería de los avances de Antonio López de Santa Anna, casado ya pero conquistador irredento de muchachitas, quien siempre inteligente y perceptivo, jamás se acercó a Leona cuando la chiquilla comenzó a crecer, tachándola de *niña con huevos*.

La educación de María Leona se salió del cauce natural de la época. Camila insistió en buscarle los mejores maestros. La noble acolhua amaba las bellas artes, la ciencia y la literatura y estaba decidida a poner esas bellezas en el alma de su hija, que como ella, era nobilísima descendiente de Netzahualcóyotl.

No habría más hijos en el matrimonio Vicario. Camila había quedado estéril a consecuencia del difícil parto de Leona.

Las niñas bien de la época alcanzaban la cultura que les daba el grabarse de memoria El Catecismo del Padre Gerónimo Ripalda; aprendían a bordar con chaquira, a bailar la contradanza y el vals. Tocaban malamente el pianoforte y cantaban algunas canciones permitidas. Medio aprendían a leer y bien poco a escribir. Se levantaban muy tarde y ocupaban el resto de la mañana en acicalarse para salir a pasear en coche o de compras a El Parián.

Regresaban a comer a casa y a dormir la siesta para volver a ataviarse y asistir a algún baile de gala en El Coliseo, donde conocerían a caballeros de su alcurnia.

Leona aprendió a cantar, y se sabe que atormentaba a Camila con su voz desafinada, de la cual se reían juntas, rematando en la ejecución de una contradanza cuya música sólo escuchaban las dos en su imaginación. Tomadas de la cintura, giraban por los salones tumbando al paso figurillas y bronces con las enormes crinolinas... Poco respeto adquirió Leona por los bienes materiales y ninguno tuvo jamás Camila.

Tirado, el maestro de pintura de la niña Vicario era de lo mejor que había en México. Esto no sirvió de mucho, porque la niña tenía facilidad para las letras, mas no para las artes.

María Leona dominó el francés con la misma facilidad con que aprendió a hablar español, latín y náhuatl, y aunque tenía gran facilidad para los idiomas, su pasión eran los libros de Historia y Política. Leía con voracidad *Idea del Universo* del Jesuita Lorenzo Hervas, la *Historia Natural General y Particular* del Conde de Buffon, a Feijoo, *el sabio entre los sabios* de España... Fenelón era uno de sus favoritos, y no hubo libro alguno en la biblioteca familiar que escapara a sus ojos voraces.

Las Aventuras de Telémaco estremecían a Leona que, como el autor, alentaba el ideal de una reforma sociopolítica integral para su patria. Leyó la obra en francés, muchas veces, como algo tan deleitoso que jamás hastía. Se zarandeaba en su corazón el rencor hacia los españoles por las masacres, los despojos de la Conquista y la actual tiranía.

Capítulo 3

Gaspar,
el padre español
que no se conducía
a la española

María Leona lo adoraba. No reconocía su nacionalidad española porque lo había visto tratar a criollos, indios y gachupos con igual bonhomía. También lo había visto rejonear con porte gallardo.

La primera corrida de toros celebrada en la Nueva España, se festejaba anualmente desde agosto de 1529, y con ella se conmemoraba la caída de la Ciudad y las Fiestas de San Hipólito.

Y en realidad, no era toreo a pie, sino rejoneo. El Virrey en turno presidía la fiesta de sangre desde su palco, y los otros palcos los ocupaban los altos funcionarios. Hubo más de un pleito llegado a las manos por ciertos palcos cercanos al del Virrey, ya que la proximidad al gobernante era señal de categoría y *status*.

Lo más selecto de La Curia asistía a la Corrida a pesar de la prohibición papal expresa, y lo más florido de la Colonia se enfrentaba al toro desde su finísimo caballo árabe.

Leona sólo asistió a una Corrida, pero nunca pudo olvidar como se erguía don Gaspar sobre el caballo rejoneando al toro. Por años, había de insistirle en que deseaba participar... y don Gaspar la tomaba en brazos y le murmuraba al oído:

—Contigo, no extraño no haber tenido un hijo varón, Leona. ¡Bien te elegimos el nombre!

A diario se acicalaba el comedor como si fuera fiesta. Los muebles parecían reventar con las peras, las manzanas y las uvas labradas en el cedro perfumado y sobre los trasteros

saltaban aquellas chispas como en compe-
tencia entre la plata y el cristal de las dulce-
ras, mediadas por la formalidad de un reloj de
péndulo que se movía como reprobatorio del
alarde y los brillos excitados por las diez luces
del candil.

Las paredes cobijadas con gobelinos y
al fondo, un ventanal que alumbraba la espalda cansada y el cabello blanco de Gaspar.

Camila, siempre en sombras a la otra
cabecera de la mesa. María Leona, bailando
los pies bajo la mesa porque a sus seis años
no le llegaban al suelo, muy pendiente del
cucharón de plata labrada con el que Gaspar
servía en los platos de loza de Talavera para
que Rita, la cocinera celosa de que nadie
tocara sus guisos, los pusiera en manos de
María, el ama de llaves, quien transitaba
silenciosa para situar el plato correspondien-
te a Camila y a María Leona.

Cuando las criadas se retiraban cerrando las puertas tras de sí, Gaspar daba gracias

a El Señor por los alimentos y metía su cuchara en la sopa. Era el momento que esperaba Leona.

—¡Cuente! ¡Cuente, papá! ¿Qué hubo de interesante?

El Regidor Honorario de la Nobilísima Ciudad de México y Conjuez de Alzadas del Tribunal de Minería, sonreía como un niño y fijaba los ojos verdes en aquella hija, demasiado viva, tan rebelde para ser mujer. Camila siempre comía en silencio, y si algo le preguntaba Gaspar, respondía con monosílabos: Nada la complacía tanto como escuchar los relatos de Gaspar y las exclamaciones de Leona que, en más de una ocasión se mostraba en desacuerdo con el padre.

Gaspar tenía corazón suave y alma socialista: Beneficiaba a los indios y era justo con los criollos. Generoso con sus dineros, auxiliaba a sus trabajadores y amaba a sus familias. Construyó casitas para los peones y una escuela para los niños.

Cuando llegaban los postres, María Leona ya estaba al tanto de todo lo acontecido ese día en las andanzas de su padre. Saltaba sobre la silla y corría por el bastón y el sombrero de Gaspar.

Salían los dos tomados de la mano a caminar por las calles cercanas a la Casa del Ángel, como dos amigos, y Gaspar le hablaba a su hija del terruño, del sufrimiento y la miseria de los campesinos españoles, tan igual a la de los mexicanos. Para él, no había patrias: El hombre y su dolor eran los mismos en cualquier tierra. El sol ardía igual en las espaldas de los pobres del mundo.

Don Gaspar y Leona caminaban hasta llegar al Palacio Virreinal, que estaba en la Plaza Mayor. Ahí mismo, se encontraba el edificio del Cabildo y la Catedral que era la morada del Arzobispo. En la Plaza Mayor no sólo se leían los Decretos Reales y se realizaban las procesiones religiosas. También ahí se aplicaban los castigos, ya fueran azotes, mutilaciones o ahorcamientos, siendo la mayor

parte de los delitos *haber ofendido a la moral
pública*, lo cual podía ir desde haber sido
sorprendido orinando en la calle hasta haber
contestado con brusquedad a algún español.

En la esquina occidental de La Plaza
Mayor, se encontraba El Parián... ¡ah, qué
delicia para los ojos de la niña Leona! Había
vendedores de pájaros, verduras, telas, granos, espejos, perros xoloitzcuintles, iguanas,
armadillos... Más de lo que la imaginación
podía soñar.

Unas calles más adelante, estaba el
hermosísimo y aterrador edificio de la Santa
Inquisición. María Leona siempre hacía que su
padre se detuviese en la puerta de *la esquina
chata* y soltaba la imaginación para que
entrara a los salones lujosos, a las salas de
tortura, a las mazmorras y al Patio de los
Naranjos.

—¿Me llevará a conocer otros países,
papá?

—Te llevaré, hija. Te llevaré pronto.

Y la llevaba todas las noches, prendida a la imaginación, en cuentos y en el aroma a paja y hojas quemadas de los campos de Castilla, en el oro de las espigas y la sombra de los robles. Le contaba de los galopes de El Cid y de la ingratitud del Rey Sancho, de los moros y la Alambra de Granada. Cada noche una historia, distinta, muchas veces referida a las estrellas. De su padre aprendió Leona el nombre de las constelaciones, el orden de los planetas y también los secretos mortales o curativos de las plantas.

En ocasiones, los cuentos nocturnos versaban sobre los posibles habitantes de otros planetas, y Gaspar llevaba a la imaginación de María Leona hombrecitos pequeños, cíclopes, con tantas extremidades como los pulpos. Hombres adelantados de planetas donde los desterrados eran el Odio, la Guerra y la Injusticia. Había otro planeta de sólo animales inteligentísimos, sobre los que reinaba el zorro, junto con el tecolote, con inteligencia y bondad.

María Leona creía que también en aquellos planetas había aroma a retama y huele de
noche, como en su casa.

Por complacer a Gaspar, Camila llevaba
a María Leona de visita a la mansión de su
hermanastra Luisa, y de las primitas a las que
Leona hacía llorar en cada visita tirándoles
del fleco. Con miriñaques y encajes, acunan-
do muñecas de cabeza de porcelana y con los
cabellos torturados por el chongo, miraban
entre envidiosas y admiradas a la prima
Leona cabalgar a pelo por el campo con el
interminable cabello suelto, y trepar a los
árboles compitiendo con los peones para
bajar los mejores duraznos que luego se
repartían entre risas.

—¡Esa niña, Camila! La has dejado
crecer como una salvaje, como un animalito-
rezongaba Luisa poniendo su mano en la de
su madrastra. ¡Ay, qué satisfactorio ver su
blancura contrastar con la mano de la india
que embrujó a su padre! Porque Luisa necesitaba pensar que apenas con brujería atrapó

Camila a Don Gaspar. De otra manera, ¿por qué se bebía los vientos el viejo loco por aquella muchacha india, aunque muy de la nobleza fuera y contara en su tronco a los Monarcas de Texcoco?

Los años transcurrían igual que las tardes en que, antes de entrar a la biblioteca a leer, María Leona cazaba mariposas para verlas de cerca y dejarlas libres después. Detestaba toda esclavitud, todo encarcelamiento. Quizás algún día... y perdía los ojos clavados en la nieve clara del Popocatépetl.

Por aquel entonces, Leona no conocía bien ni de cerca el estado de injusticia y sumisión en que vivían los indios y los criollos, excepto por algunas publicaciones periódicas que llegaban a sus manos incluyendo los decretos infamantes. Por ellos comenzó a gestarse la pesadilla, a hervir el volcán. Agregado a que Leona había visto cómo azotaban a un desdichado en la Plaza Mayor. Aquel día, Gaspar tuvo que tomarla en brazos, taparle la boquita y aguantarse sus patadas todo el camino de regreso a casa, porque la niña estaba dispuesta a todo para suspender la azotaina del reo.

La vida iba igual, como el reloj del comedor. Hasta aquella tarde en que Leona, ya adolescente, botó la pluma al escuchar los alaridos de Reina y los gemidos de María, a la que vio pasar corriendo con una botella con alcohol que salpicaba todo el camino.

—¡Niña Leona! ¡Niña Leona!

Entre cuatro hombres depositaron a Gaspar en el sillón más grande de la sala. Los ojos abiertos ya no se veían en verde porque la pupila negra creció para cubrirlos casi por entero. La mano blanca llena de venas, sierpes azules, acostada en la alfombra. Abierta como había estado siempre para dar.

Leona llegó a la sala principal dejando a su paso mesitas volcadas y porcelanas rotas. Se le había soltado el cabello rojizo y de un manotazo separó del sillón a Reina y a

María con su temblona botella de alcohol.

—¡A un lado madre! –le gritó a Camila, arrodillada, descansando la cabeza en el pecho del marido y acariciándole una mano.

—¡A callar, señoras! ¡A la calle! ¡Un médico! ¡Traigan un médico o las degüello!

Las mujeres, que bien conocían a la niña María Leona, salieron corriendo y sus gritos de *¡Un doctor, un doctor!* se alejaron por la calle.

—¡Despierte, padre! – Con las dos manos tomó a Gaspar por los hombros y lo sentó– ¡Levante la cabeza, padre!

La cabeza de Gaspar se campaneaba clavando la barbilla en el pecho y volando los cabellos.

—¡Que luche usted, carajo! ¡Despierte, se lo mando! –Y sacudía con la fuerza de dos hombres.

Camila miraba la furia de Leona. Lágrimas gruesas bajaban por su cara seria. Tocar a Leona en ese momento, abrazarla, habría sido como empuñar un tizón al rojo.

Leona recostó a Gaspar y a dos manos le bajó los párpados antes de ponerse en pie y mirar a Camila.

—Se fue

—Sí, hija. Se fue. Llora si quieres.

—No, señora mía. Nunca. Las mujeres de nuestra casa jamás lloran. Seque usted sus lágrimas.

Caballos negros, indios cabizbajos, criollos llorones y mujeres con velos siguieron el cortejo de Gaspar a pie.

Hidalgos españoles y mujeres empeinetadas con mantillas en carrozas de crespón negro. Penacho oscuro en la frente de los caballos.

Camila con el rostro cubierto y el velo lacio sobre la cara. Las acolhuas no usan peinetas de carey. En el carruaje iba Agustín, con la peineta inútil que le llevó a su hermana sobre el regazo, juntando el ceño al ver a María Leona caminar frente de la procesión, con los cabellos sueltos, largos, y la cara inmutable en alto.

Luisa, la Marquesa hermanastra, llenaba de mocos y lágrimas la hombrera de su marido, detrás de la calesa de don Agustín. Periódicamente, emitía un chillido largo para que la mirase la gente y dejar testimonio de su dolor ausente. Habría que esperar a la lectura del testamento. El viejo loco de Gaspar, ¿se habría acordado de ella o se vería despojada de sus derechos como primogénita? Con la riqueza de su marido, sobraría para que vivieran cinco generaciones más adelante. No tenía necesidad, pero se sentía con derecho.

Cuando unos días después se leyó el testamento, El Marqués tuvo que sacar a su esposa por la fuerza, ya que al ver que sólo se le heredaba un recuerdo simbólico, Luisa comenzó a maldecir a vivos y muertos con más ánimo y vocabulario que un arriero.

Igual que como llegó de España, sin más avío que una sábana blanca y sordo al responso de su amigo el cura, Gaspar entró con el corazón quieto a la tierra de México.

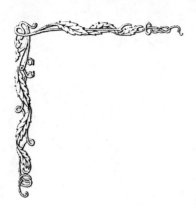

Capítulo 4

Nubes de Tormenta

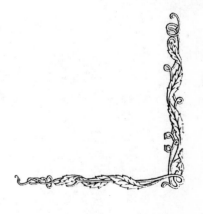

El Tío Agustín multiplicó sus visitas a la Calle del Ángel. Las noches se volvieron de chocolate y panes horneados en la cocina de las Vicario. Acababa de publicar su *Memoria Cristiano-Política*, señalando el riesgo grave de la desunión en la Nueva España. En su posición de privilegio, llegaba a su oído el silbido de la rebelión.

El abogado y su hermano Fernando, también abogado y fiel vasallo del Rey de España, temían el cambio y respetaban al monarca español junto con su representante el Virrey Iturrigaray. Agustín, sensible y talentoso, sentía latir al movimiento insurgente, aunque no hubiese nacido a la luz pública y con la pluma hábil luchaba por evitar el terremoto de una guerra independentista.

Los problemas se acrecentaban, porque Napoleón amenazaba con avanzar sobre España.

En sus escritos y proclamas, Agustín comparaba la ansiedad libertaria de la Nueva España con un hijo canalla que quiere apuñalar a su padre, agregaba citas canónicas recalcando la Excomunión lanzada por el Clero contra los rebeldes, así como la Pena de Muerte establecida por la Ley contra quienes se levantasen a morder la mano Ibérica.

A su manera, Agustín y Fernando su hermano, eran compasivos y defendían a los ricos y a los pobres por igual, quizás con mayor pasión a los desamparados. Habían salido casi niños de casa, cuando Agustín, el mayor tuvo que ganar el sustento para doña Isabel, su madre recién viuda. El Real Colegio de Abogados, donde ambos se recibieron gracias a los esfuerzos y sacrificios de Agustín, les sembró la lealtad y los volvió realistas convencidos. ¡Lejos estaba de pensar Agustín que su propio hijo se uniría pronto a los insurgentes junto con su sobrino Fernando!

Agustín vivía en angustia por su hermana Camila: Desde la muerte de Gaspar, más silenciosa, más fina la estampa como si los huesos se le comenzaran a asomar en amenaza de romper la piel, de acuchillarla de adentro hacia afuera.

Le contaba la servidumbre que por las noches, doña Camila desfilaba por la casa como sombra, que casi no tocaba los alimentos y ya no disponía la comida.

Pasaba las horas sentada en el comedor, mirando fijo la silla que ocupara Gaspar hasta que rayaba el alba.

Le decían que la niña Leona estaba poseída por el diablo y que todas las mañanas, sin desayunar, montaba a Rebelde galopando por los llanos como rumbo al pueblo de Tacubaya. Nadie más podía montar a ese caballo bronco y pajarero. Leona lo atendía, porque el maldito animal tiraba coses y mordidas a los peones.

Agustín había cedido en su empeño por volver a Camila a la vida. Olvidando los planes de casarla de nuevo y, dándola por caso perdido, vació todo su cariño en María Leona.

Llegó la noche en que Camila no se movió de su cama para sentarse con Gaspar en el comedor. Mandado llamar por Leona, el doctor Asúnsulo la revisó con cuidado y a solas.

Salió de la recámara de Camila moviendo la cabeza frente a María Leona:

—Su madre está muy enferma...

—Eso ya lo sé. No me entretenga y dígame cómo va a curarla.

—Me es imposible hacer milagros, señorita Vicario.

—¡No lo llamé por ser santo! Dígame la
verdad

—Pues la verdad es que doña Camila
ha enfermado de algo contagioso que no
puedo precisar. Aléjese, porque de todas
maneras va a morir pronto –y el doctor
Asúnsulo, conocedor de la fama que Leona
llevaba en el nombre, retrocedió dos pasos.

—¡Fuera! ¡Fuera de mi casa, viejo zopi-
lote! ¡Largo!

Muy de puntitas, Leona entró a la
recámara. Las cortinas cerradas y la cara
disminuida de Camila contra el embozo de la
sábana. Los ojos cerrados y los labios páli-
dos.

—¡Mamá!

Camila abrió los ojos, vagos, vidriados.

Leona le tomó la mano que ardía en fiebre.

—¿Se va usted a morir, mamá?

—Si, hija. Pronto.

—¿No quiere luchar? ¡Hágalo por mí, madre mía!

—Terminé mi trabajo, Leona. Estoy fatigada.

—Yo la necesito, mamá... no se vaya, se lo ruego.

—Me amas, pero no me necesitas: Tu fuerza desconoce límites. No me detengas, hija.

Un brillo de lágrima en los ojos de María Leona. Por primera vez. Por última vez delante de alguien.

—Como usted mande, mamá.

Sólo salía de la habitación de Camila

para darse un baño y mudar la ropa. Le recibía a Reina la charola con alimentos en la puerta porque las criadas temían el contagio. Camila había recibido los Santos Óleos y a diario se le llevaba la Comunión a ella y a Leona.

La madre pedía por la muerte, la hija por la fortaleza. Leía en voz alta, con aquella voz grave y blanda que inducía a Camila al sueño.

Agustín las visitaba casi a diario, y como Leona no le permitía la entrada hasta la cabecera de Camila, desde el umbral miraba desdibujarse los rasgos de su hermana menor.

"Ah, Camila... No te marches, Camila... ¿Cómo dejas a tu hija y a tus hermanos?"

Pero Camila se durmió cuando una lluviecita pegaba en los cristales. Leona cerró el libro, los párpados semiabiertos de su madre y abrió las puertas de par en par.

Al montar a Rebelde, la lluvia ya era

tormenta y toda la servidumbre en la entrada principal la vio alejarse bajo los rayos, entre los rugidos del cielo, con los cabellos sueltos volando al viento y los relinchos de Rebelde rompiendo la noche.

Capítulo 5

La casa donde
ya habitaba el destino

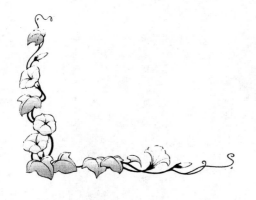

asa 19 de la Calle de Don Juan Manuel. Noviembre 3 de 1807. El padrino Agustín no estimaba prudente dejar a Leona en la casa de Toluca donde habían muerto sus padres y quería tenerla cerca por si algo necesitaba. Fue ella, a sus dieciocho años quien eligió la residencia a su gusto y, de manera que pudiera dividirse para que el Padrino y su familia habitaran la mitad y, aunque Leona insistía en que ella ocasionaba las molestias de la mudanza y los gastos, Don Agustín impuso la decisión de qué sería él quien pagase la mitad de la renta, la que correspondía al espacio para su familia... y para estar cerca de su sobrina.

Nunca hubo tutor tan respetuoso y honesto. Como abogado y familiar, llevaría la sucesión millonaria de los Vicario hasta que estuviese a nombre de su sobrina y ahijada o contrajera matrimonio.

Las primeras semanas, María Leona estuvo entregada al frenesí de amueblar y arreglar su nueva casa. Había traído consigo a toda su fiel servidumbre, incluyendo a Reina, Mariana, Francisca y a Toñita, una chiquilla indígena de catorce años que al quedar huérfana, se acogió a la bondad de Leona, quien la quería particularmente como los fuertes aman a los desvalidos.

La servidumbre revoloteaba por la casa, limpiando, puliendo, acomodando. Toña salía a "la ordeña", ya que los comerciantes llevaban a sus vacas y las ordeñaban directo en los botes de sus clientes.

Por la calle, los pregones continuos desde la madrugada eran como cantos en tonos distintos y con entonación especial según la mercancía anunciada:

"¿Mercarán, chi...chicuilotitos?"

"Leche de burra... y burro", era otro pregón burlesco. La leche de burra era muy apreciada ya que los médicos aseguraban que tenía las mismas virtudes y contenido que la leche materna. Las mujeres que no podían amamantar a sus pequeños o que no encontraban una "ama de leche" recurrían a la leche de burra. Simplemente, se hervía y se mediaba con infusión de hierbabuena, y los niños *hacían estomaguito*.

"¡Paaa..jarillos! Clarines, jilgueros, cenzontles, canarios, loros de La Huasteca y hasta cardenales..."

"Laaa... tortilla blanca..."

Al terminar la jornada, María Leona se desplomaba en el viejo sillón de piel que fue de su padre, único mueble que conservó de la casa. La Toña ya estaba lista para ofrecerle su cigarrera de oro y diamantes y un vaso de cristal donde se derramaba la horchata con su mantilla de canela.

La Toña cojeaba de la pierna izquierda por una fractura que sufrió de niña y que soldó como quiso, pero a sus catorce años, la chiquilla era linda, delgadita y alegre; su cara morena se abría con facilidad en una sonrisa perfecta que la llenaba de hoyuelos. Como era costumbre, se bajaba al arroyo cuando veía que un español caminaba por la banqueta enlosetada: Era la ley para el Indio. Apenas doscientos años antes, el piadoso Fray Julián Garcés luchaba en vano para que el Papa Paulo III los declarara seres humanos "de razón" y aceptara que, como los blancos, los indios tenían alma y eran Hijos de Dios.

En la casa de Leona se encendían cada vez más los ánimos. Por las tardes y a puerta cerrada en la biblioteca, se reunían los más altos exponentes de la inteligencia y el patriotismo criollo. Fernández de Lizardi y Primo de Verdad eran los primeros en llegar a la Calle de don Juan Manuel. Primo de Verdad, jugando con la pasión avariciosa del Virrey lo tenía en su poder y ya preparaba una Constitución que haría libre y soberana a La Patria... ¡sin que se perdiera una gota de sangre!

El 8 de julio de 1808, la noticia corrió como lumbre por toda la Ciudad Capital de la Nueva España: Napoleón había invadido España y obligado a abdicar al Infante Fernando y a su padre, el Rey Carlos IV, que al ver acercarse a las fuerzas napoleónicas había cedido el cetro a favor de su hijo, quien se convertía en Fernando VII, rey sin corona ni trono.

Ahora era José Bonaparte quien calentaba el trono español... cuando no estaba por ahí tirado de borracho. No en balde el ingenio español lo bautizó como "Pepe Botella".

El Consejo de la Ciudad anunció que hasta que el monarca legítimo recuperase el trono, la Nueva España fungiría como el Centro de la Soberanía Española, representado por el Virrey Iturrigaray. La propuesta sagaz fue hecha por conducto del abogado Primo de Verdad, Fray Melchor de Talamantes, Azcárate y Ledesma. A Iturrigaray le importó un comino que lo promovieran los criollos y no los españoles: Todo lo que le interesaba era no perder el poder... y el dinero.

Leona y el grueso de los criollos abominaban al Virrey por codicioso y ladrón. El alto clero español y los hacendados ricos no estaban de acuerdo con la moción del licenciado Primo de Verdad, que proponía un gobierno democrático y de igualdad. El mayor apoyo del licenciado era Fray Melchor, el peruano mercedario ilustrado y justo, que temiendo una invasión francesa e indignado por las atrocidades que cometían los españoles en esa tierra mexicana, apoyaba con fuerza la creación de una Nación Independiente y Soberana.

Aquel domingo como otro cualquiera, María Leona se preparó para salir de su casa rumbo a La Profesa, donde cada semana asistía a la Misa de Difuntos que mandaba celebrar por el descanso del alma de sus padres. Iba a cambiarse la ropa de montar cuando escuchó los gritos de La Toña, que siempre se adelantaba para esperarla en la calle.

Sus dos damas de compañía, Mariana y Francisca se cubrían la boca a dos manos y miraban la calle. Los gritos de La Toña ya se iban apagando cuando María Leona salió.

—¡No se meta, niña Leona! La Toña se lo buscó por no fijarse que venía el caballero y no se bajó de la banqueta. Por favor, niña, ¡métase a la casa y no vea eso!

Un español cuarentón, ataviado con lujo, golpeaba con un cinto ancho el cuerpo de La Toña. La hebilla abría heridas y el cuero sembraba verdugones. La chiquilla se encogía en posición fetal cubriéndose la cabeza con los brazos amoratados. Un diente muy blanco muy roto pegado en la sangre de una mejilla.

María Leona dio un paso y el hombre levantó la mirada para sacarse el sombrero emplumado y doblarse por la cintura.

—Señora, perdonad pero esta india no sabe que debe dejarle la acera a cualquier español que...

Leona dio un paso al frente, blando y

dulce. Levantó el fuete que llevaba en la mano y le cruzó dos veces la cara inclinada. El español tropezó al retroceder y cayó sentado. Leona dio un paso más. Se abrió de piernas sobre las del español para afirmarse y movió la fusta hasta que se le acalambró el brazo derecho.

Empuñó la correa en la mano izquierda.

—¡Levanten a Toña, pendejas! –ordenó sin volver la cabeza y siguió golpeando hasta que sintió que la cólera se le escapaba de los músculos.

—Si usía vuelve a pasar por mi calle, lo mato, –murmuró suavecito antes de entrar a la casa limpiándose con una manga la sangre española que le salpicó la cara.

Se murmuraba en la ciudad que la hija de don Gaspar Vicario había sido ofendida por don Luis de Montes y que ella misma castigó al insolente. Pero desde aquel día, cuando Leona veía a un español caminando por la banqueta, se bajaba al arroyo y si el hombre la cuestionaba, respondía:

"¡No recibo cortesía de gachupín!"

La Profesa, maravilla construida por Pedro de Arrieta el Siglo XVIII, en un estilo barroco sobrio, era el hogar religioso de Leona. Al amanecer de cada domingo, con luto de gala, taconeaba por la Calle de Plateros seguida por Mariana y Francisca.

Tres veces a la semana, por las tardes, Leona asistía a las juntas secretas de lo que se conocía como "La Conspiración de La Profesa" Era la única mujer entre el grupo de criollos, invitada por el Párroco Jesuita que conocía bien su inteligencia, su bravura y sus ideas libertarias. La pluma iracunda de Leona se vertía en los periodiquillos y proclamas clandestinas que circulaban por la ciudad invitando a la rebelión.

Muy temprano y a diario, asistía a confesarse y a participar en la Santa Misa.

—Ave María Purísima –saludaba el confesor.

—Sin pecado concebida.

—¿Qué diablura has hecho hoy, María Leona?

—Sólo darle una lección a un gachupín que golpeó a Toña, Padre Jaime.

—Le tengo desconfianza a tus lecciones. Y te recuerdo que soy gachupín.

—También mi padre, pero él era justo como usted. Es que la sangre me hierve y...

—Vete de aquí, muchacha antes de que conviertas mi confesionario en una tribuna política. Reza un rosario en penitencia y vete en paz... si es que la conoces. *Ego te absolvo.*

Y Leona regresaba a la Calle de don Juan Manuel con un paso tan rápido que hacía correr a Francisca y a Mariana. La que llevaba la peor parte era doña Francisca Fernández, que pujaba y se iba secando el sudor.

—Claro, con esa maleta que carga, doña Paquita —molestaba la Toña, que de acuerdo al Protocolo, marchaba detrás de las dos damas de compañía que seguían a Leona.

Doña Francisca Fernández se volvía indignada y quería darle un golpe a la Toña con su sombrilla. Pero la chamaca era muy rápida a pesar de su cojera y la eludía.

Luego, remedaba a doña Francisca en su caminar de mujer gruesa y le hacía *psst* para que la viese. Hasta Mariana volteaba y su risa sacaba a María Leona de sus pensamientos.

Doña Francisca siempre hacía lo mismo y nunca lograba su intento: Se arremangaba la enagua y llevando la sombrilla como una espada de ataque, echaba a correr detrás de Toña para castigar su atrevimiento... Y entre carreras de dos, carcajadas de tres y bufidos de una, llegaban a la casa de la Calle de don Juan Manuel.

María Leona pasaba la mañana encerrada en la biblioteca. Las autoridades habían lanzado un decreto contra los rebeldes insurgentes, poniendo en grandes letras **PENA DE MUERTE**, igual para ambos sexos.

Ya se habían suscitado algunos encuentros entre Realistas y grupos pequeños y desorganizados de rebeldes armados con machetes, piedras y palos contra los soldados. El resultado siempre era igual: No menos de una cuarta parte de los alzados moría en la batalla y al resto se le pasaba por las armas sin juicio alguno.

Los cuerpos acribillados y mutilados se colgaban en lugares públicos con un gran letrero de *Traidor* colgado al pecho.

Los eclesiásticos, que eran básicamente españoles, tiraban su cuarto a espadas arrojando la Excomunión automática para los Insurgentes.

Manuel, hijo del tío Agustín y Fernando hijo del hermano de Don Agustín eran visitantes asiduos de la casa de Leona. Ambos, aun siendo hijos de dos realistas recalcitrantes, acabaron por contagiarse del ansia de libertad de su prima hermana. El más entusiasmado era Fernando, que apenas tenía catorce años y al que Leona trataba de moderar.

Por la mañana, María Leona escribía todas las cartas que le eran posibles a los jefes insurgentes advirtiéndoles de las medidas que se tomaban en México contra ellos. Desde su posición privilegiada Leona leía las proclamas gubernamentales y escuchaba a los funcionarios que asistían al Bufete de los San Salvador. Los conspiradores de La Profesa le habían dado nombres y ubicaciones para que les ayudara en la tarea.

También enviaba cartas incendiarias a los hombres, grupos y familias en donde creía poder sembrar la idea de La Libertad. Siendo culta y con un enorme don para la ironía, sus cartas surtían efecto.

Su correo era un arriero nacido en Toluca, Mariano Salazar, hombre de treinta años, criollo, que viajaba en compañía de José González llevando y trayendo mercancías y las cartas de la niña Leona.

Y la niña Leona cada semana pedía cantidades importantes del dinero de su herencia al Padrino y Tío Agustín, quien moviendo la cabeza sin abandonar una sonrisa de ternura, se cuestionaba hasta donde llenaría la ahijada de alhajas y vestuario. ¡Pobrecilla! Estaba tan sola y, hasta el momento, se resistía a corresponder a sus múltiples pretendientes, alegando que seguramente la buscaban por su dinero, que era fea y falta de gracia.

Uno de esos lunes y ya perdiendo la paciencia, Don Agustín la tomó del brazo y la condujo a su sala de juntas, deteniéndose ante un enorme espejo de cuerpo entero:

—¿Qué ves, niña?

—Mi reflejo. Padrino.

—¿Y qué más?

Leona malició la intención de Don Agustín:

—A usted, tío... ¡Ay, tío, se me está

usted poniendo barrigón! ¡Debiera comer menos y caminar más!

—¡Eres una mañosa malcriada, niña! Te voy a decir qué veo yo:

—De todos modos va a decir lo que quiera, padrinito –y le plantó un gran beso en la mejilla.

—Veo a una joven de estatura mediana, más bien alta. Delgada, lo cual me parece pésimo, pero aún así, muy hermosa: Cabello tupido y rizado suavemente. Los ojos verdes y el color de tu difunto padre, que con Dios esté. La boca pequeña y voluntariosa de mi hermana Camila... que Dios tenga en su seno. La nariz fina. Una sonrisa blanca y de dientes pequeños perfectos. Unas pestañas tan largas y rizadas que...

—¡Pare, pare usted, Padrinito! ¡¡Explíqueme!! ¿Por qué no ha pedido mi mano Su Majestad el Rey Don Fernando VII? ¿Sería bueno enviarle mi retrato...? –y escapó la carcajada.

—¡Eres una monigota insolente, muchacha!

—Sí, padrino. Es verdad... Pero aún así
me quiere usted.

—Creo que demasiado, criatura.

Y María Leona se paraba de puntitas
para dar otro beso al Padrino y salir llevando
su dinero.

Los españoles de Vizcarra eran consi-
derados los mejores armeros de la época, Y
Leona sólo quería lo mejor para los suyos.
Tenía pesadillas donde los veía enfrentarse
casi a mano limpia con los realistas y morir
estérilmente bajo sus disparos o ante el
pelotón de fusilamiento. Al pensarlo, se mordía los labios con rabia y apretaba los puños.

María Leona fue a buscar a los mejores
armeros vizcaínos... y no una sola vez. Su
belleza y su elegancia eran como el panal que
los atraía... y ya teniéndolos cerca, el talento

y el dinero eran armas irresistibles hasta para los que servían en la Maestranza del Virreinato. El dinero y la belleza cantan fuerte, y aún siendo españoles, los armeros veían su propio beneficio.

Cuando reunió al grupo de los mejores y los que, de alguna manera se interesaban por la causa que ella llamaba "De Libertad y Justicia", los envió a Campo del Gallo, en Tlalpujahua, donde los bien pagados armeros comenzaron a trabajar de sol a sol.

Leona no era mujer que confiara sólo en palabras, y a menudo los visitaba para verificar el avance del trabajo y recoger las armas que enviaría a los alzados. Gracias a ello y al pago en oro, los vizcaínos fabricaban "diez cañones de fusil por día". Los hombres estaban tranquilos, porque adicionalmente, María Leona sostenía a sus familias.

Se daba sus mañas para auxiliar a los pocos presos que sobrevivían a la agresión de los realistas enviándoles ropa y alimentos.

Cuando alguno de los presos alcanzaba la libertad, Leona le daba dinero suficiente para que fuera a reunirse con los insurgentes.

Los guardias de la prisión la conocían bien y la recibían estirando la mano para recibir la botella de Refino que les regalaba la niña aristócrata. Pensaban que estaba practicando un deber cristiano tal como visitar a los enfermos y a los presos. Pero don Pancho, el Jefe de Guardia estaba al tanto de la verdadera intención de Leona y la respetaba por ella. Personalmente la escoltaba, abriendo las celdas con su inmenso manojo de llaves y cargando los bultos con frazadas y alimentos que iba a repartir entre los presos por sospecha de rebelión. A los que se les comprobaba, no pasaban más de una noche en la cárcel para ser colgados al amanecer del día siguiente.

Lo más sobresaliente de María Leona era su poder de convencimiento, la pasión con que animaba a cuanto hombre se cruzaba por su camino para luchar por la Patria Independiente. Sabía remover los sentimientos de patriotismo en el alma de la gente, eliminar sus vacilaciones.

Luego, sostenía con ellos un flujo constante de correspondencia hasta sentir que ya estaban plantados sólidamente en la tarea libertaria; llevaba noticias de ellos a la familia y la ayudaba en sus apuros.

Aquello era una verdadera proeza, ya que tanto el Gobierno como la Iglesia se pulían en aterrorizar al pueblo calificando a los levantados de "bandidos de la peor ralea, herejes sacrílegos, fieras sedientas de sangre" y presionando a que, "por no caer en herejía" denunciaran a cualquiera con ideas independentistas, sin importar que fuera el esposo, el hijo o el padre de familia. La misma situación establecida por el Santo Oficio, donde los mismos hijos denunciaban a sus padres.

La religiosidad de María Leona estaba muy arraigada. Guadalupana devota y creyente absoluta en Dios... pero "su" Dios era de amor y de justicia. No un dios ávido de poder y riqueza, ciego al dolor de los pobres y los oprimidos.

El Dios de Leona amaba más a los pobres que a los poderosos y no hacía distingos por el color de la piel. La obligación de todo cristiano era socorrerlos y apoyarlos.

Obviamente, el suelo opulento de México pertenecía a los que habían estado esclavizados tantos años en manos de los españoles. Ya suficiente los habían despojado para llevarse sus riquezas y su vida misma.

Casa 19 de la Calle de Don Juan Manuel

Capítulo 6

Andrés. . .
¡Mi Andrés!

Cada lunes, muy formal se presentaba Leona en el despacho de sus tíos, los Fernández de San Salvador para solicitarle a don Agustín las sumas de dinero que requería. Se había hecho costumbre que a su puerta acudieran muchos necesitados que María Leona socorría en dinero, en especie y en consultas médicas.

Por las mañanas, ella misma salía a hablar con ellos seguida por Reina y Rita, cargadas con enormes canastos de pan, docenas de jarritos y con la Toña, que llevaba cubos con leche muy fresca. Con aquella devoción por La Guadalupana, María Leona sentía ver los ojos oscuros de La Morenita retratados en los de las mujeres miserables y hambrientas.

Ponía su mano sobre la cabeza de los pobres y besaba las caritas sucias de los pequeños. Su indignación y su rabia contra el dominio español crecían inmisericordes con los relatos y las quejas de "sus" indios.

El tío Agustín le daba el dinero sin preguntar, pero estaba cada día más preocupado: La sobrina bonita no parecía interesarse en ninguno de los muchos pretendientes que la rondaban y gastaba su herencia a manos llenas.

Contaba el dinero cuando entró a la oficina uno de sus pasantes, a quien él mismo acababa de otorgarle el grado de Bachiller en Cánones y, por su talento, aceptó a trabajar en su despacho. Los bachilleres que aspiraban a convertirse en abogados, tenían que pasar dos años en el bufete de algún abogado recibido.

—Ah, Andrés, pasa. María Leona, he de presentarte a mi nuevo pasante, Andrés Quintana Roo.

—Encantada de conocerle –mintió Leona sin volver la cara.

Andrés Quintana Roo se acercó para entregar un documento a don Agustín, aunque su verdadera intención era ver a Leona de frente. Cuando la vio por la espalda se rió por dentro: "Rica y soltera... ¿Tan fea será la muchacha? aunque no he visto cintura tan breve ni espalda tan soberbiamente erguida..."

Cuando Andrés se detuvo junto al abogado, María Leona lo miró sin interés, aunque el nuevo pasante salía de lo común. Tenía la misma edad que Leona. La figura esbelta, muy musculosa. Los cabellos castaños, la piel muy blanca y unos ojos oscuros que recordaban los de los moros. Vestía con elegancia muy sobria para sus veinte años, seguramente pagada por sus padres, yucatecos ricos.

El pasante ni siquiera se dio cuenta de que al ver la carita de Leona había abierto la boca como si se le hubiera descuajaringado la mandíbula.

María Leona no se dio por enterada, y desde el otro lado del escritorio le envió al padrino un gran beso que puso en la punta de sus dedos enguantados y salió dejando tras de sí el sonido de seda y tafetán de su falda y el aroma de su perfume suave de Muget.

Don Agustín miraba de reojo a su pasante, con una risita irónica.

—Despierta, Andrés.

—Perdone, Maestro. Perdóneme usted.

—Nada hay que perdonar Andrés. Mi sobrina provoca la misma impresión en todos, sean hombres o mujeres. Dame el documento y te lo firmo.

Aquella misma tarde, Andrés Quintana Roo se acercó a la puerta de la calle de Don Juan Manuel. Iba nervioso. No tenía pretexto alguno para presentarse. Seguramente, ni siquiera sería recibido. Iba a marcharse cuando se abrió el portón pesado de la casona para dejar salir a Joaquín Fernández de Lizardi, que lo detuvo tomándolo del brazo.

—¿Qué haces aquí, Andresito? ¿Vas a

pasar? ¿Le traes algún documento de don Agustín a Leona?

—No... este, yo iba a... bueno, iba de paso.

—¿De paso y estás parado aquí como farol?

—Pues si.. pues no...

Del pecho de Lizardi se trepó una carcajada que hizo palidecer a Andrés.

—¿Qué? ¿Viste a Leona? ¿Te sucedió lo que a todos?

—No sé a qué te refieres ni quienes son *todos*. Explícate –Andrés fruncía el ceño. Nubarrones de tormenta que Joaquín ya había visto alguna vez en la frente de su amigo.

—No te enojes conmigo, Andrés. Hasta a mí me sucedió. María Leona es muy bella, pero tiene algo, algo más que no podría definirte. Quizás su intensidad, la inteligencia... Me cautivó y me cautiva.

—¿Y le hablaste de amor?

—¡Por supuesto! Muy poco, porque ella me interrumpió en las primeras frases de aquella declaración que preparé al extremo de ensayarla ante el espejo y pensar en si la haría por escrito... ¡para qué te cuento, Andrés! Ella es diferente a todas, que suelen escuchar hasta el final porque les complacen las frases lindas aunque vayan a humillarnos con un rechazo.

—¿No te quiso escuchar?

—Quiso ahorrarme la humillación y me dijo que tiene un solo amor: México.

—¡No me dirás que es liberal!

—No puedo responderte sin que me des tu palabra de honor de no decir ni una palabra.

—La tienes.

—No he conocido rebelde independentista como ella...

—¡Es imperioso que la conozca! ¿Podrías presentarme? ¿Ahora mismo?

Leona estaba en la biblioteca. Había muchos cigarrillos muertos en su cenicero y los jarrones de cristal rebosaban de nardos y ramitas amarillas de retama. Dejó el cigarro recién encendido y dio unos pasos hacia los visitantes.

—¿Tan pronto de regreso, Joaquín? ¿Se canceló tu compromiso?

—Sólo regresé para presentar contigo a mi amigo Andrés.

—Ah... ya tuve el gusto en el bufete de mi tío. ¿En qué puedo servirle, señor Quintana?

El tal Quintana había vuelto a enmudecer, pero Joaquín entró al quite.

—Ya te lo dirá. Me retiro con tu permiso.

María Leona frunció el ceño breve y con un ademán seco, le indicó a Andrés un sillón frente al que ella tomó asiento.

—Dígame.

—Perdón, señorita... sólo quería preguntarle qué opina usted del movimiento rebelde, porque se escuchan murmullos de que es partidaria...

—No son murmullos, señor mío: Son gritos.

Y sin preguntarle por su punto de vista, Leona inició su labor de proselitismo... Una hora más tarde, Andrés estaba listo para declarar la guerra a los españoles.

Otra hora después, Leona guardaba silencio escuchando a Quintana: ¡Qué hoguera más grande la de su amor a México! Los ojos negros brillaban como soles y la luz de la inteligencia la deslumbraba. ¡Qué maravilloso orador! Había momentos en que se ponía de pie o paseaba por la biblioteca. Sus manos enormes se convertían en puños.

Cayó la noche y un ruiseñor soltó el canto por los jardines, pero María Leona sólo escuchaba la voz de Andrés. Muy de puntitas entró Rita a preguntar si servía la cena, pero Leona la despachó con un gesto. Esa noche, las damas de compañía dormirían junto a la puerta de la biblioteca.

Cuando los pájaros comenzaron a darle los *buenos días* a El Señor, los dos nuevos amigos estaban roncos de tanto hablar. María Leona había invitado a Andrés a sus *tertulias* que no eran otra cosa que una junta de patriotas conspiradores.

Los domingos, iban juntos a oír misa en La Profesa y Andrés observaba asombrado la transformación de la mujer orgullosa en la devota humilde de Nuestra Señora. Veía cómo inclinaba la cabeza espléndida y doblaba la espalda o clavaba sus ojos claros en los oscuros de la Madre de los mexicanos, la defensora máxima de los indígenas cuyo color de piel había tomado en El Tepeyac.

Caminaban a la Alameda Central, ya tomados de las manos en su noviazgo niño. Circulaban entre los cilindreros y los vendedores de alfajor, pepitoria, jamoncillos y los globeros; los niños con sus papalotes y las señoras de faldas resonantes, colgadas del brazo del esposo o del padre. Volvían a la casa de don Juan Manuel 19 hablando suavecito de su amor, porque trasponiendo el dintel de la residencia de Leona, se tocaba en pleno y exclusivo el otro amor, el de La Libertad, el de la guerra. Así lo decidió María Leona...

Joaquín Fernández de Lizardi, escritor y periodista era el invitado invariable a las *tertulias.* Tirando a ser hombre de cuerpo grueso, ni siquiera para hablar se sacaba el habano de la boca y su voz sonaba ronca, aguardentosa aunque era poco amigo de las copas. Al caminar, se mecía como un barco y en sus ojos achinados y pequeños fulguraba la inteligencia. Su espada era una pluma apasionada y acerba que jugaba carreras con las cartas inflamatorias que María Leona escribía a los alzados y a los indecisos, que no se decidían por temor a la Excomunión y a la Pena de Muerte.

Lizardi era toda una figura digna del mejor retratista: Tenía un temperamento tan nervioso, que cuando se irritaba, comenzaba a arrancarse las pestañas compulsivamente...

claro, la mayoría del tiempo tenía los párpados lampiños. Era entonces cuando la emprendía contra sus bien pobladas cejas.

Al caminar, se mecía como un oso y bufaba por su bronquitis crónica.

La asistencia a las tertulias menguaba, ya que el grueso de los hombres había tomado las armas y se iba uniendo a los grupos múltiples que se estaban formando en el interior de La República.

Por las tardes, entre el aroma de los nardos, Andrés trabajaba con Leona en la biblioteca. La correspondencia se había multiplicado en progresión geométrica y algunas noches Leona apagaba el quinqué con las luces de la madrugada. Incansable, seguía enviando armas, alimentos, ropa y medicina a los rebeldes por las manos del arriero Salazar.

Al despedirse, Andrés la abrazaba cada día más fuerte. La separación ya era inminente y los dos lo sabían. Quintana no podía permanecer en las comodidades de la Capital, en el núcleo de su amor intenso por La Rebelde.

—Voy a pedirle tu mano a don Agustín, Leona.

—¿Y luego?¿Nos casamos y te marchas a la guerra?

—Sí, princesa. El amor me ha detenido demasiado tiempo. ¿Serás mi esposa?

—Lo seré, Andrés. ¡Mi Andrés!

Al abogado le extrañó que su propio pasante le pidiera tener una entrevista formal, y más curioso que interesado, lo hizo pasar a su despacho. Su hijo Manuel Fernández y el escribiente de don Agustín y amigo de Andrés, Ignacio Aguado, esperaban nerviosos en la antesala.

Manuel, conociendo bien a su padre, temía lo peor. Don Agustín comenzaba a sospechar las ideas revolucionarias de Andrés, y sólo la defensa de Manuel lo detuvo para no denunciarlo y despedirlo de su bufete.

Por suerte, no interrogó a Andrés, porque habría confirmado todas sus sospechas. *Super omnia veritas* era el lema prioritario que heredó Andrés de su padre, el combativo periodista yucateco, que lo apoyaba fuerte en sus ideas libertarias.

—Toma asiento, Andrés, y dime ¿en qué puedo servirte?

Andrés tomó lugar en la orillita de un sillón. Toda la oficina olía a papel y a la piel de los muebles. Respiró profundo:

—Maestro, he venido a pedirle en matrimonio la mano de su sobrina, doña Leona Vicario.

—¿Te has vuelto loco, Andrés Quintana? ¿Y por qué pretendes a mi sobrina? ¿Estás interesado en ella o en su fortuna?

Andrés mordió la respuesta.

—La amo, Maestro.

—Fija tus ojos en una muchacha de tu posición económica, Andrés. María Leona se casará con alguien que supere, o por lo menos, iguale su fortuna.

—¿Es su última palabra, Maestro?

—Sí.

—Le aviso a usted que ya no podré seguir trabajando en su bufete.

—Eso habla bien de tu sentido del honor, Andrés. Te felicito.

—Gracias, Maestro, y también pongo en aviso a usted que, con o sin su consentimiento, María Leona será mi esposa.

Los dos hombres se pusieron de pie, y don Agustín dio un paso amenazador hacia Andrés:

—¡No me falte usted al respeto, jovencito!

La cara del jurisconsulto se puso roja. Los puños, apretados.

—No le he faltado al respeto ni a la verdad, Maestro.

Don Agustín perdió la compostura y lo tomó por una solapa mientras levantaba el puño derecho.

Las venas parecían saltar, amoratadas, en la frente limpia de Andrés. Su mano tomó por la muñeca la que le aferraba la solapa. Y fue apretando sin hacer esfuerzo por quitársela de encima. Siguió apretando hasta que don Agustín se dobló a un lado mordiendo un gemido.

—No me obligue a olvidar que fue usted mi maestro y es el tío de Leona —y soltó con tal brusquedad la muñeca que don Agustín trastabilló.

—Adiós, don Agustín —dijo con voz ronca al cerrar la puerta. Apartó de un empellón a Manuel y al escribiente.

Capítulo 7

La Erupción

ndrés invirtió el día en arreglar sus pertenencias y hablar con Ignacio Aguado y con Manuel Fernández de San Salvador. Los tres se marcharían al rayar el sol del día siguiente a pelear por La Libertad.

Manuel le dejaría una carta a su padre avisándole de su decisión. Aunque era un hombre de valor y no temía enfrentar la cólera de Don Agustín, tenía miedo de presenciar el dolor del viejo, que podría derramarse y hacerlo vacilar. Con gusto le hubiera dicho la verdad y de frente a su primo Fernando, que tenía catorce años y ya era apasionado de la causa, pero el chiquillo estaba fuera hacía una semana, de visita en la hacienda de unos amigos. Los niños no iban a la guerra.

Ignacio Aguado, el escribiente del tío de Leona, le diría hasta pronto a sus padres y a sus hermanitos antes de que los tres se encontrasen en el punto acordado de la Ciudad para ponerse en marcha y unirse a las fuerzas de Ignacio López Rayón o seguir hacia el Sureste en busca de don José María Morelos.

Andrés le envió una carta a su padre notificándole de su decisión. Don José Matías Quintana hablaba con Andrés desde que éste era muy niño como si fuera un diálogo entre adultos y desde entonces sembró en Andrés el aprecio por La Libertad y el sueño de que algún día la alcanzara La Nación. Don José Matías Quintana, diputado liberal y preso varias ocasiones en San Juan de Ulúa por sus ideas, defendía el federalismo con singular bravura, y muy especialmente, a su amado Yucatán.

Andrés se dirigió a la Casa de don Juan Manuel para despedirse de Leona. Pensaba con emoción en su padre, en que llegaba el momento de luchar por sus ideas, y con dolor en su novia. Se estuvo un rato afuera de la casa, recargado en una columna, como lo hacen los fantasmas, paseando sus ideas y haciéndole cariños a sus emociones. Tocó el aldabón de la casa.

Lo primero que vio fue la sonrisa de Toñita al abrirle la puerta. Caminó a la biblioteca, arrastrando un peso grande que sentía en el pecho, Andrés aspiró el aroma a nardos que llenaba siempre la casa de María Leona. Quizás no volvería a verla jamás. Iba dispuesto a dejar la vida en la contienda y poco le parecía el precio... hasta que pensaba en María Leona.

En la biblioteca sólo brillaba el quinqué que enfocaba lo que escribía Leona y sus cabellos extraños, a veces cobrizos y a veces castaños con visos rubios. La brasa de su cigarrillo chispeaba en un cenicero. No lo escuchó entrar y Andrés caminó en silencio y a su espalda para cubrirle los ojos con las manos.

Las mejillas de Leona ardían como tizones. Tomó las manos de Andrés en las suyas y se puso de pie. Los ojos afiebrados le brillaban en verde plata.

—¿Qué sucede, María Leona?

—Fernandito ha muerto...

—¿Fernandito? ¿De quién me hablas, amor mío?

—De mi primo, mi primito, el hijo de mi tío Fernando.

—¿Qué dices, Leona? ¿Pero qué le sucedió? Sé que estaba en una hacienda, y... ¿Se cayó del caballo?

—Mira tú mismo –Puso en su mano una carta en la que resaltaba la firma de Ignacio

López Rayón, el abogado brillante que, como tantos otros, se había convertido en soldado de México.

Andrés sintió que le flaqueaban las rodillas y apoyó la mano libre en el respaldo del sillón:

...y participo a usted con dolor profundo la muerte en batalla de un niño que murió peleando como un hombre: Su primo, Fernando de San Salvador. Ruego reciba mis condolencias y...

Los sollozos estremecían la espalda amplia de Andrés. Leona le tocó un hombro:

—¿Por qué lloras, Quintana?

El perfume de los nardos y el de los huele de noche se trenzaban en el aire como bailando una contradanza perfecta.

—Respóndeme, Andrés...

—Por Fernandito... Jamás estuvo en la hacienda...

—Se llora a las víctimas, Quintana, no a los héroes.

—¿Cómo puedes ser tan dura, María Leona?

—México es mi primer amor, después de Dios.

—¿Y yo? ¿Y si muriera yo?

—Te veneraría como a un héroe y te sería fiel hasta la muerte.

—No cabe duda de que el espíritu de Netzahualcóyotl alienta en tu corazón.

Andrés se secó las lágrimas y tomó las dos manos de María Leona entre las suyas.

—Don Agustín negó su permiso para que nos casáramos.

—¿Y eso te preocupa? Es mi tutor, no mi dueño.

—¿De todos modos serías mi esposa?

—Sí. Algún día comprenderá el padrino.

—Te hago garante de esa palabra, porque me marcho al amanecer con Manuel y con Ignacio Aguado, el escribiente del Maestro Agustín que se nos ha unido.

—Pediré a Dios que te acompañe y a la Guadalupana que te proteja bajo su sombra.

—¿Ni una lágrima? ¿No me amas, Leona?

—Ni una lágrima, y te amo más que a mi vida.

Fue María Leona la iniciadora del primer abrazo, del primer beso.

Cruz de fuego, cruz de amor que iba del

vientre a la garganta enroscándose antes en el pecho. Separó a Andrés con brusquedad.

—Vete ahora, amor mío.

Andrés se marchó en silencio.

Toña, Rita, Francisca y Mariana no lograron conciliar el sueño. Toda la noche anduvieron los diablos sueltos.

Oyeron alejarse los cascos de Rebelde, y por una ventana, Toña vio que sus herraduras sacaban chispas rojas y azules contra las piedras y que los cabellos sueltos de la niña Leona flotaban al viento. La brasa de su cigarrillo hizo un arco breve en el aire.

Escucharon los relinchos nerviosos del caballo y a lo lejos, el aullido de muchos coyotes.

María Leona gritaba y rugía con la cara pegada al cielo, fijos los ojos en una luna pañosa y larga. Desde los cerros respondían los animales y desde los pueblos, los perros.

Le gritaba a su primo niño como queriendo revivirlo y las lágrimas le bajaban por
la cara para resbalar por la piel de la garganta. Las ramas le chicoteaban la cara y le
encendían la frente.

De regreso, al amanecer, pronunciaba
en voz baja y muy repetidamente, el nombre
de Andrés.

Capítulo 8

El Cataclismo

Era como una bola de nieve que acaba en avalancha: Comenzó a rodar fuerte en el mes de julio de 1810, cuando se decretó la expulsión de los Jesuitas, defensores temerarios de los derechos de los pobres. Por tres días, el pueblo de Guanajuato apedreó las Oficinas de La Corona y bloqueó los caminos de entrada a la ciudad.

El Virrey hizo encarcelar a seiscientos sesenta ciudadanos, prohibió a los mineros la posesión de armas de fuego, el uso de ropas tipo español a los indios y aumentó los impuestos a nativos, mulatos y mineros.

También los miembros de la Corte Real conspiraban, unidos a los comerciantes de la Capital de la Nueva España. Al conocerse la noticia de que Napoleón había invadido España, el Consejo de la Ciudad proclamó que la Nueva España se convertiría en el centro de la ley y la soberanía española con su Virrey Iturrigaray.

Los hombres jóvenes de los pueblos de San Miguel el Grande, León y Guanajuato habían reunido una fuerza de mil setecientos elementos, conocidos como el Regimiento del Príncipe.

Ignacio Allende amaba a México como pocos y a pesar de su rango, no necesitaba el estímulo del reconocimiento ni los laureles de la victoria. Estaba consciente de que el pueblo seguiría con más confianza a un sacerdote que a un militar. Durante varias semanas caviló sobre quién sería el adecuado. Conocía a todos los hombres que conspiraban en La Profesa, a los "Guadalupes", pero... ¿quién tendría el arrastre, el carisma y el don de convencimiento? Entonces pensó en el Cura Hidalgo.

Don Miguel Hidalgo viajaba con frecuencia a la Capital de la Nueva España. Era un hombre mayor de sesenta años, de trato encantador, y hábil en las maniobras cortesanas. Había sido maestro de Ética, Teología y Filosofía, para convertirse finalmente en el Rector del Colegio de San Nicolás. Era un criollo ojiverde y de escaso pero largo cabello blanco; se movía con desenfado entre la nobleza española y era concurrente a los grandes saraos y ceremonias. Casi nunca cerraba la boca, tratando así de despistar el "*diente frío*", un colmillo que le sobresalía y del cual el mismo Don Miguel hacía chunga alegando que era herencia de sus antecesores, los coyotes.

Cultivaba sus relaciones con esmero y velaba porque su ironía no se saliera de la raya ofendiendo a algún poderoso. Tenía ideas liberales y vivía regalón en el curato de Dolores. Amaba a Dios, a la Guadalupana, a sus indios y a México. No despreciaba el buen licor aunque jamás se pasó de un límite correcto. Sentía verdadera pasión por los panecillos dulces que horneaba la mujer del sacristán, y se rumoraba en el pueblo que toleraba las borracheras de Pancho por no perder a la cocinera, que era la más gorda que se había visto por el pueblo y un auténtico genio del anafre.

Sí, era el hombre adecuado. Por justo y necesario que sea un movimiento en pro del cambio, no prospera si está acéfalo. Allende puso su esfuerzo y su voluntad en convencer al cura, quien maldita la gana que tenía de poner en peligro su cómoda vida burguesa… aunque lo irritaba el aumento de impuestos que afectaba las ganancias de sus viñedos. Por su parte, Ignacio Allende, militar de carrera, dirigiría la estrategia de las batallas.

Pancho entraba corriendo al curato: —¡Don Miguel! ¡Ahí esta otra vez el General Allende!– Eso de las jerarquías militares no se le daba bien a Pancho y para él, cualquiera que llevase un galón al hombro, era "General".

—Dile a Tencha que ponga la mesa para los dos.

Y don Miguel recibía a Allende en su casa con toda la bonhomía de un criollo culto. Desde el Seminario, Hidalgo se había ganado el mote de *Zorro* por su astucia. Agregada a su cultura, hacía que visitarle fuese muy grato.

La generosidad patriótica de Allende no conocía linderos: Dedicaba su talento y su tiempo a alimentar las ideas liberales de Hidalgo... y a su ego. Ese fue el error de cálculo de don Ignacio Allende y que pagaría caro en una de las primeras batallas

Después de cinco visitas y mucho pan horneado que ponía en peligro el ajuste de la faja militar de Allende, Miguel Hidalgo aceptó encabezar el movimiento.

Así, en todas las ciudades de la nación, había pequeños corpúsculos de conspiradores. Uno de los más pujantes era el de Querétaro, que bajo el disfraz de *Tertulias Literarias* se reunía en la casa del Padre José María Sánchez. Ahí acudía el Corregidor Domínguez, varios comerciantes poderosos, Ignacio Allende, su tocayo Aldama y el Párroco de Dolores.

Se planeó el estallido de la Guerra para el 26 de septiembre, y luego, para que la organización fuese más sólida, se pospuso para el 12 de octubre. Por el Sureste ya sonaban los pasos suaves de Morelos, sacerdote excepcionalmente, inteligente, culto, remolino de sangres diversas, mezcla hermosa de indio, negro y español, ejemplar que ostentaba las mejores características de cada raza: El coraje, la paciencia, la malicia, la nobleza y la astucia. Oriundo de Valladolid, cuando apenas había tomado los hábitos para ejercer su misión en Carácuaro, viajó a ofrecerle a Hidalgo ser su capellán de campaña. Admiraba profundamente a su exmaestro y Rector del Colegio de San Nicolás.

Hidalgo le encomendó una misión casi imposible: Levantar en armas al Sureste, comenzando con Acapulco. Pero el Cura Morelos era capaz de todo, y logró incendiar al Sureste con sólo veinticinco hombres, unidos a su talento, a su carisma y al don innato de la estrategia militar, ausente en Hidalgo.

Llevaba siempre la cabeza cubierta por un paliacate rojo. Los de mala voluntad contaban que era para ocultar su cabello grifo de mulato, quienes estaban más cerca sabían la verdad: El padrecito Chema sufría unos dolores de cabeza que a veces estaban a punto de privarlo de la conciencia por su intensidad, y sentía alivio apretándose el cráneo con el lienzo.

El País ardía por dentro. María Leona imaginaba que en la tierra se levantaban ampollas burbujeantes que aparecían y desaparecían, como tumores de una fiebre interna.

Multiplicaba sus cartas, dando ánimos

e informando de todo lo que se gestaba en la Capital. Los envíos de armas salían regularmente y los paquetes que llevaba Mariano Salazar con su compañero eran más grandes.

Cada día se hablaba más de "cierta aristócrata criolla" que conspiraba contra el Reino y que por las tardes iba a La Profesa... y no precisamente a rezar el Rosario.

Josefina Ortiz de Domínguez, Corregidora de Querétaro, rezaba manchando el piso de su recámara con la sangre de los nudillos, desollados de tanto golpear en el piso de madera. Tenía que avisar que la conspiración había sido descubierta.

No le importaba que Miguel, su marido, hubiera sabido de sus amores con Ignacio Allende y que la proximidad del estallido independentista hubiese llegado a los oídos de las autoridades. La corroía la angustia de que Ignacio muriera en la confrontación. Era imperioso enterarlo de que habían sido descubiertos. ¡Tenía que encontrar la forma de avisarle... quizás Miguel, su esposo, no lo hiciera en venganza por sus amores ya no muy secretos con el militar Allende.

Dos horas más tarde, en ese mismo 15 de septiembre de 1810, una sombra salió a caballo de Querétaro rumbo al Curato de San Miguel. Aldama llegó al curato y penetró como una tromba en la casa parroquial dejando abiertas las puertas. No necesitó mucho tiempo para comunicar la situación a Hidalgo.

Don Miguel hombre flaco y musculoso, no hizo mucho esfuerzo para subir personalmente a la torre y echar a vuelo la única campana.

Antes de las once de la noche, la Parroquia de Dolores estaba a reventar de todas las familias del pueblo.

Las puertas de la iglesia de par en par y el viento arremolinando los cabellos blancos del Párroco, que comenzó a hablar en voz muy fuerte:

—¡Ha llegado el momento! ¡Lucharemos por la Libertad o moriremos por ella..! España ha sido invadida por los franceses, que no tardarán en apoderarse también de esta tierra.

Eso era un argumento maravilloso, pues Napoleón había depuesto a Fernando Séptimo al invadir España.

Lo coreaban las voces de los habitantes. Todos habían perdido casi todo y representaban, en masa, al hombre más peligroso del mundo: *Al que ya no tiene nada que perder*.

Los españoles los habían despojado de sus tierras, violado a sus mujeres, la esclavitud era un hecho, y ellos trabajaban en los campos y en las minas para provecho del gachupín. ¿Y ahora vendrían los franceses?

—¡Que muera el mal gobierno! –gritó Hidalgo.

La gente coreó en un mismo grito:

—¡Vivan las Américas y mueran los gachupines!

—¡Viva el Rey, don Fernando Séptimo!

La idea independentista era bastante moderada en su base. Tan pronto como Fernando Séptimo regresara al poder y Napoleón se marchara de España, seguiría reinando sobre la Nueva España, pero ahora, como un pueblo independiente. Habían mediado trescientos años de dominio y no era fácil romper todo a la vez.

Como estandarte, Hidalgo ensartó en una barra de metal la imagen de la Guadalupana que encabezaba el altar y para las dos de la mañana, emprendió el camino seguido por los menos de doscientos hombres del pueblo. Entró en San Miguel, en Celaya y en Salamanca donde ya su improvisado ejército ascendía a una buena cantidad de hombres armados con azadas, palos, piedras,

unos cuantos fusiles y algunos arcos y fle-
chas.

Envió a un mensajero con una carta
para el Intendente Riaño, que capitaneaba la
Fortaleza conocida como La Alhóndiga de
Granaditas, intimándolo para que se rindiera
y "salvando así la vida de todos los españoles
y criollos que están bajo su resguardo"

La respuesta soberbia de Riaño no se
hizo esperar, ni tampoco el ataque de Hidalgo, que entró a Guanajuato y sitió la Alhóndiga de Granaditas, donde se habían refugia-
do los realistas.

Los insurgentes morían a puñados por
la desventaja en armas y dado que el pertre-
cho del Fuerte era irreducible...

De atrás de las filas avanzó un minero
con una enorme tea en las manos cuya parte
superior iba empapada en brea. Llevaba a la
espalda una losa de granito.

—¡Ahí va el loco del Pípila! –gritó una voz

Bajo las balas, protegido por el granito, el barretero avanzó semejando una tortuga de fuego hasta llegar al gigantesco portón de madera... que unos minutos más tarde era una sola llama furiosa en la que entraron los insurgentes en masa: Víveres, municiones, pertrechos.

La masacre era dantesca. Morían por igual criollos y españoles, militares y civiles ante los ojos indiferentes de Hidalgo. Allende jaloneaba a uno y empujaba a otro. ¡Imposible detenerlos si Hidalgo no gritaba la orden! Corrió hasta donde estaba y lo zarandeó tomándole un brazo.

—¡Hay que detener esta masacre, don Miguel!

Pero don Miguel parecía no escuchar ni sentir la mano de Ignacio Allende.

Capítulo 9

¡Préstame tu lanza, Miguel Arcángel!

aría Leona se carteaba constantemente con Andrés, que se había incorporado a los ejércitos de Morelos.

Jamás una palabra de amor que no fuera por México.

Seguía de cerca los triunfos y las derrotas de los ejércitos insurgentes. Cada vez que sufrían una derrota, la servidumbre se enteraba porque la niña Leona salía un buen rato a correr con Rebelde. El día en que Hidalgo y sus compañeros murieron fusilados en Chihuahua, Leona cabalgó toda la noche.

En la Casa de los San Salvador, reinaba la cólera, la pesadumbre y el resentimiento por la muerte de Fernandito: El padre, don Fernando, había caído enfermo del disgusto y su esposa no encontraba consuelo.

Aunque lleno de dolor por su sobrino y por su hijo Manuel, el abogado Ignacio trataba de apaciguar los ánimos levantados en contra de Leona, a la que consideraban culpable por la pasión patriótica de los dos jóvenes San Salvador: Uno muerto. El otro, alzado.

En esos días, el arriero Salazar fue detenido adelante de Chiluca por el que era entonces Capitán Realista Anastasio Bustamante.

Iba con Pepe González, su amigo inseparable y Bustamante los trajo a entregar ante La Real Junta, bajo el mando de Berazueta, hombre generalmente aborrecido. Barrigón por el exceso de coñac, prognata al grado de que, sin bajar la mirada, veía cómo se adelantaba su mandíbula inferior: "Ahí viene el buldog", reían los escribanos al verlo pasar. Piernas flaquísimas que contrastaban con el vientre hinchado y un ojo bizco. "Nunca se sabe a quién mira", reían por lo bajo. Por lo muy bajo, porque Berazueta era poderoso y vengativo.

Salazar iba muy golpeado, y apenas levantó la cabeza cuando el magistrado penetró a su celda.

—He visto las cartas que llevabas, Salazar.

—No llevaba ningunas cartas, señor.

Las bofetadas resonaron con fuerza, sin arrancar una sola palabra a Salazar. Los puntapiés brutales lograron insultos.

—¡Eres el correo de la Leona!

—¡Chinga a tu madre!

—¡Perro cruzado! ¡Mala sangre!

—¡Cerdo gachupo! —escupía Salazar,

tirado en el suelo, entre borbotones de sangre y con las manos atadas a la espalda.

Pepe se levantó a espaldas de Berazueta, lo derribó con un cabezazo violento en la espalda y comenzó a patearlo.

—¡Déjalo, Pepe! De todas maneras estamos perdidos. ¡Ya tiene las cartas de la niña Leona!- gritaba Mariano.

Pepe dio tres pasos atrás. A los gritos de Berazueta, entraron dos carceleros que se aplicaron de inmediato a golpear a los dos presos.

Berazueta salió sobándose una rodilla y con las lágrimas de humillación en los ojos.

—¡Mañana mismo estará la leoncita esa en una celda... y ya veremos cómo llora en vez de rugir! ¡Vieja dificultosa!

Al día siguiente se daría el gusto de presentarse en la Casa de don Juan Manuel para arrastrar a la señoritinga hasta la Cárcel Real.

Muy tempranito, María Leona salió rumbo a La Profesa, seguida de cerca por Francisca, Mariana y La Toña. Luego, tomó la Calle de San Francisco para ir a la Alameda.

Leona caminaba entre los niños, seguida por las tres mujeres a las que ya todo el vecindario conocía como "Las niñas de doña Leoncita". Iba silenciosa, como si la sombra de un pájaro negro le cruzara el corazón. En vano, La Toña hacía sus gracias y molestaba a Francisca, su víctima favorita. La amita iba como ausente, bella y silenciosa unos pasos más adelante y bajo la sombrilla de encaje.

Nadie vio por donde llegaba aquella mujer del pueblo que se le acercó para ponerse de puntitas y hablarle al oído. El rebozo le cubría la cara y calzaba huaraches.

—¿Quién será? -preguntó Francisca, estirando el cuello y llena de curiosidad.

—Alguna de sus pobrecitas a las que damos de desayunar. ¿No crees, Toña?

—¡Lo que yo creo es que ustedes son dos viejas metiches! –rió La Toña dando unos pasitos atrás para ponerse a salvo de la sombrilla de Francisca.

Leona se inclinó para conversarle bajito a la desconocida: "Avisen a Quintana que me espere en Tlalpujahua".

La enrebozada desapareció. Había cumplido con la misión de decirle a Leona que Salazar estaba preso y que sus cartas se encontraban en manos de Berazueta, por lo que no tardarían en arrestarla.

Serena y sin alterar el paso, María Leona siguió caminando, Todavía se detuvo a conversar con el matrimonio de Antonio y Petra Velasco, que caminaron junto a ella hasta el Puente de la Mariscala, donde luego de despedirse, tomaron otro camino.

Leona hizo una seña a sus niñas para que se acercaran.

—Vayan a la casa, reúnan sus cosas y escóndanse. No tarden.

—¿Sucede algo malo? —preguntó Mariana.

—Me marcho a reunirme con los Insurgentes.

—¡Dios Mío! –chilló Francisca soltando el llanto– ¡La Niña enloqueció!

—¡Santísimo Sacramento! –gimió Mariana– ¿Qué va usted a hacer entre esa gente a la que ni siquiera conoce?

—¡Yo me voy con usted, niña Leona!

—Tú te vas con ellas, Toñita –y vació de su bolso todas las monedas de oro que llevaba repartiéndolas entre las tres.

—¡Bien puedo empuñar un fusil, señorita!

Los ojos claros de María Leona se
hundieron en la negrura de los de Toña. –Te
quiero a salvo, Toña... te suplico.

—No, niña... no me lo pida así.

María Leona echó a andar y dos de las
mujeres comenzaron a correr en dirección
opuesta.

Como una sombra, Toña se fue siguiendo a Leona. Sentía que el corazón se le salía
del pecho, que sus brincos se podían ver en la
tela de su blusa.

Pasaron la noche en un jacal de San
Juanico, donde les dieron asilo. Tlalpujahua
ya no estaba lejos. María Leona había abraza-
do a Toña y la chiquilla sonrió feliz. No hubo
reproches ni regaños.

Leona saldría de ahí por la noche,

dejando a la terca de la Toña para que no le quedara más remedio que regresar y ampararse con el dinero que llevaba. Pronto terminaría la guerra y María Leona iría por ella dondequiera que estuviese, pero no se sentía con derecho de arriesgar a la chiquilla.

Antes del amanecer, María Leona salió del jacal, de puntitas para no despertar a Toña.

Los cuatro realistas tiraron a patadas la puerta delgadita de la casucha. Los dueños corrieron despavoridos y los soldados entraron hasta el jergón donde dormía la Toña.

—¡Párate, India cochina! –gritó el más joven dando un puntapié a la espalda de la niña.

—¿Qué sucede? ¿Por qué me pega, señor?

—Para que veas que con nosotros no se juega. ¿Dónde se esconde la traidora de tu ama?

—Mi ama no es traidora. ¡Tú sí, gato endomingado de los gachupines!

Los puñetazos cayeron generosos sobre todo el cuerpo de Toñita, que cayó al suelo haciéndose un ovillo.

Un puntapié de la bota militar la rodó boca arriba.

—¡Nos vas a decir donde está tu ama!

—¡Muéranse, puercos!

El más joven se inclinó arrancándole la blusa:

—Muy bravita, ¿no? –Y jaló los brazos de la Toña que se cubría los senos diminutos sin levantarse. –¿Quieres jugar, prietita o nos dices donde está esa mujer?

—¡Jódete, cabrón!

El realista se bajó los pantalones y echó el cuerpo grueso sobre la chiquilla. -¡A ver si así te convences! ¡Eso es lo que necesitas, piojosa!

Toña le escupió la cara mientras un hilillo de sangre jugaba en sus muslos. El realista desenfundó el cuchillo de monte y le sacó un ojo... Los gritos de Toña se silenciaron bajo el guante del segundo realista que, con los pantalones caídos, se arrojó sobre ella. Cuatro monedas de oro rodaron de su falda en la tierra apisonada.

En su camino, Leona se detuvo sin saber por qué... sintió como si las estrellas del cielo hubieran cerrado los ojos un instante, aterradas por algo que habían visto. Siguió corriendo rumbo a Tlalpujahua.

El segundo realista se levantó limpiándose el miembro en la enagua rota de la niña. Escupió el pezón que se había llevado entre los dientes.

El tercer soldado la volteó boca abajo... la boquita de Toña mordía la tierra dura.

—¡Ya! Me dejaron el puro pellejo –protestó el último antes de caer sobre ella.

No tardó mucho en levantarse.

—¿Vas a hablar, putísima?

—¡Mátenme, maricones!

Ocho botas impusieron el silencio.

El espíritu claro de Toña iba siguiendo los pasos de Leona. Ya no cojeaba.

Unas cuantas leguas más y Andrés llegaría a Tlalpujahua para encontrarse con María Leona. Tras él iba un capitán y cinco insurgentes a los que Morelos dio la orden de protegerlo con su propia vida si era necesario.

El caballo de Andrés llevaba los belfos llenos de espuma, y a unos pasos resoplaban los otros seis animales, espoleados por sus jinetes.

—¡Espérenos, abogado Quintana!

Como si no los hubiera escuchado, Andrés tampoco volvió la cabeza. Lo que escuchaba era la voz del pánico. ¿Y si no la encontraba? ¿Si algo le hubiera sucedido? Una pelota se le atoraba en la garganta y como que quería bajarle al pecho.

Andrés rayó el caballo. Un grupo de campesinos a la orilla del camino, volvieron la cabeza para verlo.

—Buenos días, su Mercé.

—Que Dios se los de buenos a ustedes... Vengo buscando a una señorita que no es de aquí. ¿La han visto? Debería estarme esperando en este lugar –Y Andrés señalaba el muro del cementerio.

—No, señor. No le sabríamos decir.

—No seas hipócrita, compadre... ¿De qué te da miedo?

—¡Cierra l'hocico, Pedro! Ni sabemos si es...

—¿Quién? ¿Quién? –preguntaba Andrés angustiado. El capitán y los soldados le habían dado alcance.

Pedro se rascó la cabeza. —Es que todavía era nochi cuando llegaron los realistas y se llevaron a una muchacha desmayada. La iban arrastrando entre las piedras y la subieron a un coche militar.

—¿Desmayada o muerta? –preguntó brutal el capitán, tomando en un mano la rienda del caballo de Andrés. La piel del abogado joven estaba como si hubiera absorbido un cubetazo de cal.

—No sabemos, señor.

Andrés picó espuelas, pero el capitán sostuvo la rienda y el animal se detuvo.

—¿Pa'donde va, mi abogado?

—A La Capital. Por Leona. ¡Suéltame!

—No, señor Quintana. Usted no se va. Lo único que encontraría es la muerte.

—¡No me importa!

—Pero al señor Morelos sí, –dijo el capitán haciéndole una seña a sus soldados.

—¡Nadie me va a detener! –rugió Andrés. Bajó de un salto de su caballo y comenzó a correr por la vereda polvorienta.

—¡Agárrenlo, muchachos! –gritó el capitán....

Iban de regreso al Sureste, con Andrés atado al caballo y llorando como un niño.

Capítulo 10

El amor,
el juicio y la condena

El Padrino no había dejado piedra sin remover ni puerta sin tocar, pidiendo clemencia para su sobrina. Aunque de no muy buena gana y más como colega que tío, su hermano Fernando cooperaba haciendo escritos y realizando diligencias. Los escribanos del despacho se acababan las plumas y suspiraban por la rapidez del ahora revolucionario Ignacio Aguado.

—Cuando el desastre llega, golpea por todos los flancos –murmuraba don Agustín alisándose los cabellos blancos.

Había entrado a la casa de María Leona

con el propósito de que estuviera preparada para recibirla en caso de que sus súplicas y mociones legales tuvieran éxito y se le permitiera un arresto domiciliario.

Las chapas de las cómodas y los armarios estaban hechas pedazos sobre las alfombras, vacíos los cajones que contuvieron sedas y encajes, ausentes los candelabros y los juegos de plata del comedor, acuchilladas las vestiduras de brocado de los muebles y rotos algunos espejos.

"Mira la gratitud que despierta tu caridad, Leona", pensaba don Agustín deambulando iracundo entre los destrozos. "¿Entenderás ahora que este pueblo requiere una mano férrea como la de S. M. Don Fernando?" Y como cada vez que pronunciaba su nombre, el abogado inclinaba la cabeza ante el nombre del rey fantasmagórico.

Salió al jardín y caminó hacia la cuadra, seguido por un peón. Tendría que llevarse a Rebelde, ya que mandar diariamente al peón para alimentarlo no era suficiente. Era necesario cepillar y pasear al árabe.

Caballeriza en silencio y moscas verdes girando sobre las cabezas color dominó.

—¿Viniste ayer a alimentarlo, Juancho?

—Sí, patrón.

Rebelde estaba tirado a la entrada de la caballeriza. En el cuello, un alambre retorcido y flojo que alguien le había tirado desde lejos, como para jalarlo. El pelaje caoba pegado al vientre rodeando el formidable agujero de un escopetazo. Cuchilladas en el pecho y en las ancas. Los ojos vivos ahora vidriados y fijos.

—¡Le juro que ayer estaba bien, patroncito!

Don Agustín, el primer abogado de la Nación, cayó de rodillas y se echó a gemir sobre la sangre del caballo. Con una mano afrentada por la edad se cubría la cara. Con la otra, peinaba ciego las crines de Rebelde. Su adorada sobrina correría una suerte similar. El Padrino lloraba por los dos rebeldes.

Al volver a su despacho, don Agustín recibió la noticia: Leona estaba presa.

Ni siquiera tomó su sombrero y se dirigió a solicitar audiencia con su viejo amigo, el Presidente de la Real Junta de Seguridad y Buen Orden.

El Presidente abrió personalmente la puerta y lo hizo pasar.

—¿Qué te trae por aquí, mi viejo amigo? ¡Por Dios Santísimo! ¡Vienes sofocado y pálido..! ¿Te puedo ofrecer una copa de coñac?

Don Agustín se desplomó en un sillón.

—Te ruego, te suplico Gabriel.

—¿Pero qué tienes, Agustín?

—Mi sobrina, Leoncita. ¡Ayúdame, Gabriel! Está presa...

—No he leído los boletines de esta mañana, pero mucho se ha rumorado sobre ella y su contacto con los rebeldes. Se dice que los insurgentes evitaron muchos encuentros porque Leona les avisaba, ya que ante su belleza y gracia, a varios oficiales nuestros se les soltó la lengua.

—¡Espera, Gabriel... son rumores!

—¿También es rumor que está comprometida con uno de los levantados? ¿Y que con el dinero que le das a manos llenas compra pertrechos, ropa y armas que les envía? ¿Que sostuvo a un grupo grande de armeros para que le fabricaran fusiles y cañones?

—Es su dinero...

—Utilizado para atacar al buen gobierno, Agustín. Tenemos a sus correos en la cárcel y las cartas de tu sobrina en el Tribunal.

Muchas de ellas vienen cifradas y la reo se niega a dar la clave.

—Te ruego, Gabriel: No es más que una niña huérfana por la que lucho por ser padre y madre a la vez.

—No, mi amigo. Es una mujer que desafía la Excomunión, la Pena de Muerte o la Cárcel Perpetua.

El abogado hundía la cabeza en aquel pecho que de corazón era realista y amaba a María Leona como a la hija que no tuvo. Si Camila resucitara, ¿qué cuentas iba a darle? ¿Las cuentas impecables del dinero o las de la vida de su única hija?

Humillando la cabeza altiva, Don Agustín cayó de rodillas ante su amigo.

—¡Levántate, Agustín!

—Ten misericordia Gabriel. Si no de

ella, al menos de mí. Por Dios, por nuestra amistad.

Don Gabriel tomó a su amigo del brazo y le obligó a sentarse.

—Voy a hacer por ti lo que no haría por nadie, mi amigo. Girar la orden de que la señorita Vicario y San Salvador sea trasladada en calidad de presa al Convento de Belén de Mochas y...

—¡Que El Señor te lo pague Gabriel!

—No te apresures a darme las gracias. Se le instituirá proceso y por solicitud mía, los magistrados irán a Belén a interrogarla.

El Padrino guardaba silencio. Como abogado, conocía bien el resto de la historia.

Gabriel le puso una mano en el hombro encorvado.

—Tú sabes, mi amigo, que tu sobrina

enfrenta la pena de muerte, la confiscación de todos sus bienes y, en el mejor de los casos, prisión perpetua. No saldrá viva de Belén, y lo más seguro es que sea ejecutada.

—Lo sé.

—Si ella coopera y nos da los nombres de los rebeldes que conoce, te prometo que utilizaré todos mis poderes para que la pena de muerte sea conmutada por la de cadena perpetua... Habla con ella. Convéncela de que si pone todo de su parte, lo más seguro es que se le perdone la vida. De otra manera, en un mes enfrentará al pelotón de fusilamiento.

—Lo voy a intentar. Te lo prometo, Gabriel –murmuró estrechando la mano de su amigo.

Echada sobre un jergón mugriento, después de muchas horas de interrogatorio y amenazas, Leona dormía en su celda. Los chillidos de las ratas mordían el silencio y ella soñaba.

El mugido tristón del Caracol de Guerra. El teponastle, los interminables campos dorados del Reino de Texcoco. Iba corriendo entre los maizales y la tierra fresca se le metía entre los dedos de los pies.

Ya no estaba muy lejos el Palacio Real, y el *siempre abuelo* la esperaba en las escalinatas. Cerca, azuleaba el Gran Lago de Texcoco con sus aguas saladas y punteado por las lanchas de los pescadores.

Netzahualcóyotl salió a su encuentro, la abrazó y le hizo dar varias vueltas. Luego, escudriñó la cara joven y sonrió mostrando las hileras parejas de dientes perfectos.

—Mi niña. Mi niña valiente.

—A veces tiemblo, abuelo.

—Todos temblamos. Lo que importa es no arrodillarse, Leona.

—¡Eso jamás, abuelo!

—Recuérdalo siempre –dijo El Rey tomándola por los hombros para mirarla con intensidad.

— Llevarás esto como señal de tu sangre y la mía –y se quitó del dedo meñique una turquesa tan azul como el lago para ponerla en el anular derecho de María Leona.

—¿Volveré a verte, abuelo?

—Sí, pequeña. El día de tu muerte.

El ruido de la reja sobresaltó a María Leona. No acababa de ponerse en pie cuando ya la rodeaban los brazos del Padrino. Con los ojos húmedos, contempló el moretón enorme que le recorría la cara de la sien a la mejilla. Los cabellos en desorden, los pies descalzos y llenos de cortaduras breves. Se despojó de la capa y la puso sobre los hombros de Leona.

—Perdóname, Padrinito. Hice lo que el

corazón me dicta y el precio han sido tus penas y tus disgustos. Perdóname. Por mis actos parecería mentira, pero te quiero como a mi segundo padre, Tío Agustín.

—Nada que perdonarte, chiquita.

Salieron de la cárcel para abordar el coche cubierto de don Agustín. Las pisadas de los caballos sonaban huecas en el empedrado y María Leona recargó la cabeza en el respaldo.

—¿Tío?

—Sí, dime.

—¿Qué sabes de mis sirvientas? ¿De Toñita? ¿Y Rebelde? ¿Ha estado comiendo bien? ¿Lo han sacado a pasear? Te podría decir que es como mi mejor amigo.

Don Agustín sintió el peso de la muerte en la espalda.

—Toña y Rebelde están muertos, Leona.

—¿Qué dices?

—Toña murió por seguirte a San Juanico. Y parece que los que entraron a robar a tu casa mataron a Rebelde al no podérselo llevar.

—¡Dios del cielo! ¡Ampárame! ¡Sólo daños he causado! ¿Y Toña? ¿Qué le pasó a Toña? ¡Si apenas iba a cumplir quince años!

—La mataron cuatro soldados a golpes, Leona.

—¿Conoces sus nombres, tío?

— Sí. ¿Para qué quieres saberlo? Ya están en la cárcel, y de eso me encargué yo a pesar de que niegan su culpabilidad y dicen que la encontraron muerta y violada.

—Dime sus nombres, Padrino.

Don Agustín, sumido en la negrura del futuro de Leona, contestó sin pensar.

—Rodolfo Arguello, Pedro Valdivia, Juan Hernández y Casimiro Vélez.

Fue como si Leona volviera a la vida, como si una chispa recuperada le iluminara los ojos.

—¿Está seguro de que fueron ellos?

—Estoy seguro.

—¿Sepultaron a Rebelde?

—Sí, María Leona. Se cavó una fosa debajo del pirul.

Como dos sombras, entraron a la Casa de don Juan Manuel. Don Agustín se había encargado de que se hicieran las reparaciones y las mujeres tenían enormes tazones de chocolate caliente y espumoso sobre la mesa del comedor.

María Leona las abrazó y, sin una palabra, entró a su alcoba cerrando la puerta tras de sí. Depositó la sortija de turquesa en la mesita de noche y cayó boca abajo sobre la cama. No percibió el aroma a retama y a huele de noche.

A las seis de la mañana, Don Agustín estaba sentado a la mesa con su sobrina.

—Voy a perseguir a los que robaron tu casa y tendrán que restituirlo todo.

—No, Padrino. No lo haga, por favor.

—¿Por qué no?

—En realidad, bueno, pues las chapas ya estaban mal y yo había regalado casi toda mi ropa.

—¿Los estás encubriendo?

—Los estoy perdonando, Padrino. Soy cristiana.

—Sea como quieras. Los jueces estarán

aquí a las diez de la mañana para interrogarte.

—¿Estará usted presente?

—No, María Leona. La Ley no lo permite. Pero quiero darte algunas recomendaciones.

—Dígame, padrino.

—Deberás responder con verdad a todas sus preguntas. No eludas ninguna. Y te mostrarás arrepentida de lo que hiciste.

—No puedo, Padrino. No estoy arrepentida de nada.

—¡Niña! ¿Sabes que te estás jugando la vida y en el mejor de los casos la libertad? Tú sabes que el mismo Hidalgo abjuró de la Independencia antes de su muerte.

—Sí, tío.

—¿Y no te importa? ¿No te da miedo?

—Me importa. Me da miedo, pero no puedo mentir.

—Y la excomunión, hija, ¿no te asusta?

—No, Padrino. Este anatema no puede estarlo apoyando Dios.

Leona lo sabía: La Excomunión, aplicada a quien atentase contra los intereses del soberano español, implicaba que "no se le impartieran los Santos Sacramentos ni pudiese tener comunicación con otros fieles" Las leyes del mundo no se quedaban cortas: *"Sufrirán los traidores pena de muerte, sus hijos serán infamados por la sociedad sin que puedan heredar nada ni jamás ocupar puestos públicos o recibir distinciones honrosas. Sus bienes pasarán de inmediato a propiedad de la Cámara del Rey"*

—¿Sabes que quedarás en la pobreza más absoluta, María Leona? Desde luego, nada te faltaría mientras yo viva, pero...

—Nada me asusta, tío. Más me preocupa la miseria del alma.

—¡No tienes remedio, niña! Sólo te suplico que pienses en lo que me dolería si te sucediera algo. Te he querido desde que naciste. ¿Deseas que, como abogado, haga cargos a los asesinos de tu Toña? Están presos a moción de mi bufete.

—No, tío, padrino, abogado, amigo, – y le rodeó el cuello con los brazos–. Déme usted su bendición. Prométame que los que mataron a Toña se quedarán en la cárcel.

—Prometido, y le pido al Señor que te bendiga y te proteja.

Cuatro españoles oscuros en la ropa y el semblante tomaron asiento en la sala y abrieron sus cartapacios.

María Leona, vestida de blanco y con la cabeza en alto, no los honró ni con el ofrecimiento de un refrigerio ni de una sola palabra.

El más viejo soltó una tosecilla forzada:

—Por la gravedad de su traición...

—A nadie he traicionado, señor.

—Por la gravedad de sus delitos hemos decidido suspender el arresto domiciliario y ordenar a su tutor, don Ignacio de San Salvador, que la deposite presa en el Convento de Belén de Mochas. Ahí, será sometida a interrogatorio y juicio.

—Así se cumplirá —coreó otro de ellos.

Los otros dos paseaban los ojos codiciosos por las obras de arte y los valiosos bronces que quedaban en la sala. En una de las mesas lucía una fuente de mayólica cuyas asas eran los cuerpos arqueados de dos mujeres desnudas. Una inmensa urna con pedestal le hacía juego en una esquina, y los colores chocaban maliciosos jugando en las pocas lunas francesas que habían quedado intactas. Los cortinajes de terciopelo se suavizaban con la ligereza de las gasas bordadas que protegían a los balcones de miradas curiosas.

— ¡Adelante, señores Si gustan, pueden comenzar a despojar mi casa. ¿Quieren que les haga envolver algo y llevarlo a su coche?

—¡No sea usted insolente, señorita!

—Respeto más a los ladrones que arriesgan su vida, que a magistrados que se lanzan al despojo protegidos por sus togas. Y ahora, ¡salgan de esta casa si no quieren que los eche yo misma a empujones!

Don Agustín llegó a la una de la tarde. En silencio. Con la cara seria, María Leona tomó el brazo que le ofrecía y subieron a la calesa negra del abogado.

Llevaba un pequeño maletín con ropa sencilla y los ojos perdidos hacia dentro. Andrés... ¿por qué no había llegado a Tlalpujahua? Quizás no recibió su mensaje o fue tardío.

Tío y sobrina iban callados y la calesa rebotaba entre las piedras. Por horas.

Monstruo de piedra gris, cercano a la Calle de Pañeras y a la de La Polilla. Fundado en 1683 por el sacerdote español Domingo Pérez de Barcia para "bienestar de las mujeres perseguidas por las acechanzas del príncipe de las tinieblas y que no pudieran hallar refugio para su honestidad en otros conventos". ¡Pobre español iluso! Muerto a consecuencia de los garrotazos que le propinaban los seminaristas para *sacar al diablo* que se le metía al cuerpo en los ataques de epilepsia.

La vida no era fácil ni grata en Belén de Mochas: Las internas se levantaban a las cinco de la mañana para ir al Adoratorio. Esta visita se repetía otras tres veces. Había que ayunar dos veces a la semana y fajarse un cilicio a la cintura. Desde la puerta se percibía !a peste a humedad antigua, a piedras mojadas.

Se despidieron en el portón, con un abrazo prolongado.

—Perdóname las penas que te he dado, Padrino. Te quiero desde siempre –musitó Leona y dando la media vuelta, entró por el inmenso portón de madera labrada, que de inmediato se cerró a su espalda. Para siempre, pensó el abogado con un escalofrío.

Las matronas doña Manuela y doña Ignacia Salvatierra la condujeron a su cuarto, que era el primero del patio principal. Habían recibido orden estricta de no permitirle a Leona intercambiar palabra alguna con las demás internas y no perderla de vista, acompañándola a donde fuese cada vez que saliera de su celda...

Por fin la dejaron sola y María Leona

examinó lo que elegantemente habían llamado *dormitorio.* Ni una sola ventana, el piso
helado de piedra y algunas alcayatas donde
colgó la poca ropa que llevaba.

Un crucifijo rústico. La cama, que no
era otra cosa que una estructura de madera
con una jerga encima en el que la muchacha
se sentó. Paquita y Mariana, de quienes se
sospechaba de complicidad, estaban *deposi-
tadas* en casa de Fernando, el hermano de
don Agustín. María Leona suspiró aliviada.
Por suerte, jamás había confiado a sus sirvientas ni a sus amas de compañía sus
movimientos a favor de la rebelión. Eso las
pondría a salvo...

¡Ay, Toña! El recuerdo de la pequeña
estremecía a Leona con dolor profundo... Más
le hubiera valido no recogerla en su casa. Por
lo menos, estaría viva.

¿Y Rebelde? Su adorado caballo, su
amigo, su compañero. Quieto bajo el pirul.
María Leona dejó escapar las lágrimas.

No hay cama dura para hueso joven, y Leona se quedó dormida llorando, como hipnotizada en la contemplación de la turquesa que azuleaba en su mano derecha.

La reclusión de la Vicario era la comidilla en la ciudad. Fue tanto el escándalo que se publicó la noticia en un diario de Cádiz. Las señoras masticaban el asunto con agrado, le agregaban de su invención y en general, estaban contentas ya que más de uno de sus hijos había sido rechazado por *esa rebelde traidora*. "Por suerte", comentaban.

El juez ya se había presentado en casa de don Fernando de San Salvador a tomar declaración a Francisca y a Mariana, sin obtener provecho alguno. Ellas jamás habían tomado parte en las Tertulias de la Niña Leona y no estaban enteradas de que hubiese vínculos con la cuartelada... Menos pudo ilustrarlo Rita Reina, la cocinera, ni la Sotomayor que fungió como ama de llaves en la casa de Leona.

Berazueta llegó a Belén por la mañana, exigiendo una de las *piezas secretas* del Convento donde interrogar a *la reo*. La muchacha era linda a pesar de su insolencia... quizás el amor de un hombre maduro la hiciera recapacitar, pensó ordenándose el bigote entrecano con las uñas largas, amarillosas y agrietadas.

Tomó asiento en un sillón que estaba a contraluz y disfrazó la barriga bajo los pliegues de la toga. Últimamente, tenía el disgusto de que ya no controlaba la orina a pesar de los dolorosos *lavados* con orégano que le aplicaba su médico, y en el pantalón le relucía la mancha y se le anidaba el hedor.

Las dos hermanas Salvatierra se quedaron en la puerta, con la esperanza de que las hicieran pasar, pero Leona cerró el portón con brusquedad y saludando a Berazueta con una inclinación breve de la cabeza, tomó asiento.

—Niña bonita, he pensado que debo

interrogarla con ternura masculina. Tratándo-
se del delicado espíritu femenino, no hay por
qué ser duro. Démonos un abrazo en señal de
buena voluntad...

María Leona echó la cabeza atrás y su
carcajada rebotó en la bóveda. –¡No sea
usted ridículo, señor Berazueta! ¡Si tiene la
dignidad que amerita su puesto, muéstrela o
fínjala!

Berazueta recuperó su actitud de fa-
raón mal embalsamado.

—Ya sufrirá usted los rigores que su
delito impone.

—Tampoco me asusta, señor mío.

—Levante su mano derecha haciendo
la señal de la cruz.

Leona levantó la mano, haciendo la
señal de la cruz.

—¿Jura usted por Dios decir verdad?

—Lo juro.

Berazueta no había llamado al escribano, porque estaba consciente que violaba la Constitución de 1812 que prohibía tomar a los procesados declaración bajo juramento.

Por fin, decidió que era oportuno llamar al escribano, quien entró con su cuaderno, mirando de reojo a la acusada. ¡Vaya que era joven, fina y linda!

A solicitud de Berazueta, María Leona dio sus generales. Berazueta preguntó por qué había huído hacia San Juanico.

—Porque tuve noticia de que me iban a arrestar.

—¿Quién le dio esa noticia?

—Una desconocida.

—Debe darme su nombre.

—Ya se lo dije: Una desconocida.

—Usted se escribía con los levantados. A veces, lo hacía en clave.

—Es verdad.

—Deme la clave.

—Imposible.

—Diga los nombres y ubicaciones de sus corresponsales insurgentes.

—No.

—Dígame nombres.

—No.

—¿Se da cuenta de que ya perdió todo su patrimonio?

—Sí.

—¡De que está excomulgada!

—Sí.

—¿Y ahora se va a poner la soga al cuello con ese silencio torpe?

—Pueden hacer lo que quieran conmigo.

—¿Tampoco tiene usted temor de Dios?

—Sí.

—Pues está condenada al infierno, no sólo a la muerte.

—¿Dios le habla al oído?¿Se lo dijo Él?

—¡No sea majadera!

—Tampoco sea absurdo. ¿Quien le ha contado que al Señor le atañen los bienes de la Corona?

—La conmino a que me de los nombres de los alzados a los que alentó con sus cartas.

—No.

—¿Niega que los proveyó de armas, alimentos y medicinas?

—No lo niego.

—¡Confiese, pues! ¡Deme sus nombres o sólo saldrá de aquí para ir al paredón!

—No me importa .

Berazueta se levantó con tal cólera que hizo caer el sillón antes de salir de aquella sala. Tras él, trotaba el escribiente comiéndose la risa.

María Leona tenía los ojos clavados en su turquesa y una expresión de amargura en los labios. En su mente y en su memoria, revivían los triunfos y las derrotas de La Insurgencia. Aún ya muertos Hidalgo, Allende,

Aldama y Abasolo, expuestas sus cabezas en las cuatro esquinas de La Alhóndiga, el fuego seguía vivo en el sur.

Edificio que ocupó antiguamente el Colegio de Belén de Mochas.

Capítulo 11

Caminito del Sureste

Los interrogatorios continuaron durante un mes. El Juez Berazueta era
cada vez más agresivo en su
cuestionamiento, y Leona más silenciosa.

El juicio estaba por concluir por más
escritos de protesta que presentaban los dos
tíos de Leona y que sólo habían prolongado el
asunto. En una semana, Berazueta vería a
Leona retorcerse bajo las balas del pelotón.
Sonreía y se frotaba las manos. Les daría
unas monedas a los soldados para que le
apuntaran a la cara, a esa boca que se había
burlado de él y de su investidura.

María Leona sabía que el fin estaba cerca y se encomendaba a Dios, pidiéndole que la acogiera en Su Reino y le diera la fortaleza necesaria para morir como había vivido: Con dignidad.

Había noches en que soñaba con su antepasado, y en que el Rey la abrazaba como a una niña y le daba ánimos. Otras, creía escuchar la risa de Toña mezclada con los relinchos de Rebelde.

Llamó su atención que hacía varias noches que no cantaban los grillos. Quizás la acompañaban en su silencio.

Seis hombres rondaban el convento: el Coronel Francisco Arroyabe, antes Teniente Coronel de Dragones de España y cinco bravos militares a sus órdenes: Antonio Vázquez Aldana, Luis Alconedo y tres de los guerrilleros más temerarios del Movimiento del Sureste. Daban la vuelta al Convento, unos a caballo y otros a pie, observando de cerca las puertas de acceso y el Torno.

El 22 de abril, se detuvieron al costado norte de Belén de Mochas, junto a los Arcos de La Cañería. Tres de ellos se quedaron cuidando a los caballos y los otros, encabezados por el Coronel Arroyabe, frente a los canceles del Convento.

Entraron unos instantes antes de que se cerraran las rejas y corrieron hasta la Portería, donde pusieron las pistolas en el pecho a las porteras avisando que si hacían ruido o gritaban, las matarían ahí mismo.

Dos de ellos vigilando a las conserjes y el Coronel al primer patio, directo a la celda de Leona. La muchacha estaba llegando a la puerta, seguida por sus vigilantes, las dos señoras de Salvatierra.

Arroyabe tomó del brazo a la mujer que le quedó más cerca:

—¿Señorita Vicario?

—¡No! Es ella —dijo la aterrorizada mujer.

La otra Salvatierra cubría a Leona con su cuerpo y la sostenía por un brazo.

—¡No la toque!

—¡Vamos, señorita Vicario! –rugió Arroyabe muy bajito.

—¡Por lo que más quiera, no se la lleve! –gimió la gorda. Leona liberó el brazo y le dio un empujón. —¡Si gritas, me devuelvo y te tuerzo el pescuezo!

Siete sombras se alejaban a caballo. Leona y Arroyabe galopando al frente.

—Es usted muy valiente, señorita Vicario.

—¿Lo dice porque emprendo la huída?

—Es usted muy irónica, señorita Vicario.

—Debo pedirle una gracia, Coronel Arroyabe.

—Lo que usted me pida es una orden.

—Quiero pasar a la Cárcel Real para ajustar una cuenta pendiente.

—¡Imposible! ¿Irnos a meter a la boca del león?

—¿Tiene miedo, Coronel?

—No me desafíe, señorita Vicario. Si le sucediera algo a usted, mis tripas iban a adornar los muretes del campamento.

—¿Y si regresara sin mí?

—Su novio me mata, y el Padre Morelos me remata.

—Pues si no me acompaña a arreglar mi asunto, no me voy con usted.

—¡No me haga eso!

—Usted tiene la última palabra. Si no me complace, comienzo a gritar a todo pulmón.

—Bien, vamos, pero dígame qué asunto va a arreglar.

—No. A usted le toca amagar a los carceleros para que me abran una celda.

—¿Quiere liberar a alguien?

—A cuatro. De algo que tienen de más.

—Cuénteme en lo que llegamos.

—No.

Por suerte, la Cárcel Real estaba rumbo al camino que tomarían y ya iba cayendo la oscuridad, que los favorecería.

Arroyabe y sus hombres desmontaron. Uno se quedó al cuidado de los caballos y cinco se dirigieron a la puerta, que el Coronel tocó con mucha fuerza.

—¡Abran de inmediato! Orden de la Judicatura para trasladar a cuatro presos.

Un celador abrió el portón.

—Sí, señor, ¿me puede decir quiénes son?

—Rodolfo Arguello, Pedro Valdivia, Juan Hernández y Casimiro Vélez –dijo uno de los soldados, leyendo de un papel que le había pasado Leona antes de desmontar.

—¿La orden de traslado? –pidió el carcelero.

—Se la entrego una vez que tenga en mi poder a los presos. Vamos, que tengo prisa.

Leona iba detrás de Arroyabe, cubierta con una larga capa española y el sombrero que le prestó uno de los soldados. Bajo la capa, el rifle de Arroyabe que había tomado de su montura. Tras ella, dos de los Insurgentes: El sargento Vázquez y el también perseguido Luis Alconedo.

Caminaron tras el celador entre los

corredores oscuros iluminados con antorchas de brea, apestosos a orines, hasta llegar a una de las primeras celdas. Sonaron las llaves y la reja se abrió con un rechinido. El custodio pronunció los nombres y cuatro soldados se acercaron.

—¡Atrás! —rugió Leona avanzando hasta el di' Arroyabe le tapó la boca al celado'

—Ustedes violaron y mataron a una niña por el rumbo de San Juanico.

—No era más que una india, señorita. Se nos puso muy cuatrera y le dimos su *estate quieta.* Fue todo.

Leona no respondió. Apuntó el rifle a la entrepierna de uno, que cayó chorreando sangre.

El segundo se desplomó sangrante y aullador sobre su cómplice. Los otros dos se refugiaron en una esquina de la celda, pero ahí los alcanzaron Vázquez y Alconedo que, de un empujón los separaron y les dieron un aventón en direcciones contrarias.

Una, dos veces más, Leona disparó inmisericorde y luego echó a andar rumbo a la salida. Arroyabe iba tras ella arrastrando al celador. Comenzaban a oírse carreras en los pasillos interiores y los aullidos de los heridos haciendo eco en las bóvedas.

En las rejas, El Coronel botó al vigilante con un empujón. Las pezuñas de siete caballos chispeaban alejándose entre las piedras. Todo el campo olía a mejorana y ruda.

Corrieron sus caballos toda la noche. Al amanecer, ya cerca de Tlalpujahua, desmontaron para descansar y dar agua a sus animales. Ahí, Alconedo le entregó a Leona un pote con una pintura café, viscosa, y unos andrajos.

—Ya cerraron las garitas, señorita Vicario. Y la guardia no tarda en desplazarse por los cuatro puntos cardinales. Hay que disfrazarse lo mejor posible.

—Bien.

—En menos de una hora, vendrá un grupo de leales a traernos un hato de burros y mercancía para hacernos pasar por arrieros. Por eso le entrego vestimenta de hombre y la pintura para que tiña su cara, manos y pies.

Por la mañana, un grupo de siete arrieros que cargaba verduras, granos y odres con pulque avanzaba por el camino a Oaxaca. Uno de ellos destacaba por la finura de sus facciones, la negrura de su cara y el cabello cubierto bajo un paliacate y un sombrero de palma.

La marcha en burro era penosa, muy distinta al galope de un caballo, y por las noches, al acampar, María Leona casi no probaba alimento y caía como un fardo sobre el petate que cargaba en su burro.

Rodearon la Ciudad verde de Oaxaca La Hermosa y se acercaron al campamento de Morelos, hasta que un jinete a caballo les salió al encuentro.

—¡La señorita Vicario! ¿Dónde está Leona?

El más pequeñito de los arrieros se le acercó corriendo y le tiró los brazos al cuello.

—¡Andrés! ¡Mi Andrés!

—¡Mi adorada! ¡Por fin..! ¡Pero mira en qué estado vienes!

Enlazados por la cintura, caminaron hasta el campamento a cuya orilla esperaba el Gran Morelos, que había salido a su encuentro.

Dos días antes, había regresado de Chilpancingo donde reunió a su Congreso. Morelos resolvió entonces crear el Congreso Nacional que le diera una constitución al pueblo que nacería. El Congreso de Anáhuac se formó con distinguidos intelectuales, criollos de toga y sotana. El Congreso sesionó cuatro meses en Chilpancingo. Al inaugurarlo con el discurso conocido como *Sentimientos de la Nación,* el Cura Morelos les pide a los congresistas las declaraciones de que México es libre e independiente de España, la religión católica la única y verdadera y la soberanía dimana inmediatamente del pueblo y que las leyes moderen la opulencia y la indigencia y alejen la ignorancia, la rapiña y el hurto. Los congresistas aprueban el 6 de noviembre el acta de Independencia de un manifiesto donde se habla de que no hay ni puede haber paz con los tiranos.

El sacerdote venía agotado, pero no quería dejar de darle la bienvenida a "*nuestra heroica Leona*".

Tomó entre sus manos grandes la manita ennegrecida de Leona y se la llevó a los labios.

—Sea usted bienvenida, señorita Vicario. Su bravura ya recorre los confines de La Patria.

María Leona prendió sus ojos a los ojos negros del caudillo y en ellos vio asomarse la bondad, la valentía, la inteligencia y el apasionado amor por México. En los ojos verdes de Leona, Morelos vio la dignidad del pasado y el futuro de La Nación.

La copa de los árboles bailando al viento. Los músicos, un grupo de insurgentes y un pequeño órgano portátil.

La novia avanzaba del brazo del Coronel Arroyabe hacia el altar improvisado donde esperaba Andrés, nervioso, con uniforme de gala. Arroyabe se había convertido en el admirador más ferviente de María Leona y en el fondo de su corazón envidiaba la suerte de Quintana Roo.

Leona llevaba los cabellos sueltos y entre ellos iban entretejidos los botones de azahar fresco cortados aquel mismo amanecer. Las mujeres del campamento, que no eran muchas, le habían dado a elegir entre sus mejores galas y La Niña Leona iba toda de blanco, vestida modestamente con blusa, enagua y huaraches... La única alhaja que lucía su mano era aquella turquesa perfecta de corte tan antiguo. Para los ojos de Andrés no había pisado la tierra novia tan hermosa y elegante.

Con alba y estola, el Sacerdote y Caudillo esperaba en el altar improvisado. Morelos tampoco creía en la Excomunión que él llamaba *política* y se sentía feliz al oficiar en la boda de los dos patriotas.

Toda la tarde se bailó y se cantó: Las viandas eran sencillas pero Leona sintió que jamás había comido algo tan delicioso. Venado, jabalí, jitomates colorados de la huerta del campamento y fruta de los árboles cercanos.

El Padre Chemita inauguró el baile: Alegre y danzarín, hizo pareja con una de las mujeres más grandes y pesadas. ¡Qué buen jarabe! El prócer, corpulento y con apariencia de oso, se movía con la agilidad de un gato montés... pero le falló cuando la pareja aterrizó con todo su volumen entusiasta sobre el dedo gordo del pie derecho. Morelos se tranquilizó por el resto de la noche, bebiendo un vaso de refino y sobándose el dedo reventado.

Se bailó toda la tarde. Los jarabes prohibidos, *El Palomo*, *El Canelo* y *El Jarro*, todos vedados por la Santa Inquisición en 1752, que alegaba que aquellos movimientos sencillos eran contoneos *obscenos*.

Ya brillaban las hogueras en el campamento cuando Leona y Andrés, tomados de la mano echaron a caminar rumbo al bosque entre el canto de los grillos.

Capítulo 12

La Noche de Bodas

o era, ciertamente, la noche después de una gran boda, acorde a su rango social, que la Leona había imaginado muchas veces. Se encontraba, en cambio, frente a Andrés y no rodeada de candiles brillantes, de perfumes suaves y la majestuosa cama donde consumarían su matrimonio.

Aquí estaba, parada en medio de la nada, en una sierra a cientos de kilómetros de todo aquello que la había acompañado en una vida llena de comodidades. Lo que hubiera sido una cascada parisina de velos y encaje, era una blusa de algodón no muy limpia por cierto, y una sencilla enagua plegada. La cama llena de fruncidos y cojines que había de recibirla, era ahora una inimaginable extensión de tierra.

Aquel perfume con un leve dejo a nardos que había usado por siempre, se convirtió en una mezcla extraña de sudor, tierra y deseo.

Como mujer de temple, no permitió que esto hiciera mella en su decisión por iniciar una vida con Andrés, aunque a sus pensamientos se asomaban los tabúes y misterios del sexo, palabra ni siquiera pronunciada en voz alta en los círculos sociales y familiares.

Cubrió sus temores invocando su deseo y fijó sus hermosos ojos verdes en los de Andrés quien, pareciendo haber adivinado lo que ella calló, hizo de aquella noche una fiesta de amor amparada por una bóveda obscura salpicada de estrellas y un coro de grillos ajenos y desafinados.

Un amor en dos y dos cuerpos en uno.

Ignacio Rayón, el brillante abogado, era el asesor legal de Morelos y sería el creador del primer periódico insurgente formal: *El Despertador Americano*. Sobre sus conocimientos como jurista se basaban todas las proclamas de Morelos.

Rayón estaba obsesionado por la necesidad lógica de un gobierno central que coordinara la lucha de los insurgentes y convocó la Asamblea de Zitácuaro donde presentó las metas de la rebelión en *Los Elementos Constitucionales*, que exigían la independencia de España, la preponderancia de la Religión Católica y un gobierno federalista.

El Congreso independentista encabezado por Morelos pasaba más tiempo huyendo que legislando, y fue el mismo José María Morelos quien emitió el "*Decreto Constitucional para la Libertad de la América Mexicana*" en octubre de 1814, que haría las veces de una constitución provisional con sus reformas sociales y derechos individuales.

Finalmente, quedaba establecido el gobierno revolucionario. Menudeaban los triunfos y también las derrotas.

Los realistas cada día ganaban más terreno, y aunque los focos insurgentes seguían peleando, Morelos y su gente se replegaron a Tehuacán, para seguir a pie rumbo a Temazcala.

La emboscada no se hizo esperar, y los realistas cayeron sobre ellos al amanecer. Don José María Morelos y Pavón regresó a la ciudad capital atado al caballo como si fuera una fardo. Ahí, lo arrojaron a una de las mazmorras de Santo Domingo, feudo de la Santa Inquisición, donde sería juzgado.

Su culpabilidad estaba fijada de antemano, y después de algunos días de interrogatorio por parte de las autoridades civiles y eclesiásticas, se decidió que el escándalo de fusilarlo en la capital era inconveniente y lo trasladaron a San Cristóbal Ecatepec el 22 de diciembre de 1815.

Morelos enfrentó al pelotón con la cabeza erguida. Su grito de **"¡Viva la Libertad!"** estremeció a los soldados. Dicen que cuando cayó muerto, todos los perros del pueblo, como de acuerdo, no pararon de aullar con tristeza. Tres de los soldados del pelotón, desertaron para unirse a La Insurgencia.

Habían transcurrido dos años y El Sureste resistía. Leona curaba a los heridos, los alentaba, pero Andrés comenzaba a perder la esperanza.

Las fuerzas realistas se cerraban sobre los rebeldes, y María Leona estaba embarazada.

Perseguidos ya de cerca, Leona y Andrés emprendieron la huída por la sierra, pero el 3 de enero, María Leona se detuvo apretándose el vientre. Estaba a punto de dar a luz.

Desesperado, Andrés daba vueltas como loco en la puerta de una pequeña cueva donde Leona yacía echada de espaldas. ¡Dios Mío! ¿Y si muere Leona?

Entraba a la cueva, le tomaba la mano y le secaba la frente perlada en sudor. De los labios de María Leona no brotaba ni un quejido y muy suavecito, le pedía a Andrés que esperase afuera. A lo lejos, aullaban los coyotes y Andrés salía de nuevo.

Así transcurrió toda la noche, una noche en la que Andrés estrenó sus primeras canas prematuras y que al amanecer rompió el aire con el llanto de una criatura.

Andrés entró corriendo. Sobre el pecho de María Leona se recostaba un bultito rosado que agitaba unas manos y unos piecitos perfectos.

—Nuestra hija, Andrés. Nuestra hijita, –murmuró Leona. –Envuélvela y llévala a que vea la última estrella antes que acabe de amanecer.

Andrés tomó a la pequeña y la envolvió en su capa. Ya afuera, a la salida de la cueva, la levantó hacia el cielo. La última estrella quedaría prendida en los ojos de su hija.

Al atardecer del mismo día, volvieron a emprender el camino. Por ahí tirado, Andrés encontró un huacal roto que le serviría de cuna a la niña.

—¿Y como quieres que se llame nuestra hija? –preguntaba Andrés.

Leona todavía caminaba con fatiga detrás de su esposo y su niña...

—¿Cuál fue tu cuento favorito cuando niño, Andrés?

—Genoveva de Brabante –respondió

Andrés tomando a Leona del brazo para ayu-
darla.

—Pues entonces, Genoveva se llama la
niña.

Aquella noche, Andrés Quintana le
entregó a su esposa lo que sería el primer
regalo para la pequeña, más valioso que los
ropones españoles bordados y las mantillas
de encaje. En un papel de limpieza dudosa,
había escrito una cuarteta:

> *En Nanchistitla nació*
> *una indita americana,*
> *que se llama Genoveva*
> *y se apellida Quintana.*

Quintana decidió pedir el indulto, pero
María Leona lo detenía. El coronel realista
Martín y Aguirre le había hecho llegar a Andrés
una propuesta de indulto, pero Leona lo
convenció de rechazarla.

—¿Indulto? ¿Y por qué, Andrés? ¿Nos

perdonan de qué? ¿Cuándo ha sido delito luchar por nuestra libertad y nuestros derechos?

Las tropas realistas peinaban los campos y los tres Quintana llegaron en marzo al pequeño rancho llamado Tlacocuspa, donde encontraron un jacal miserable en el que se refugiaron. Genoveva, ya cumplido un año y dos meses, comenzaba a caminar con pasitos vacilantes. Al cruzar por un pueblo, la había bautizado el cura del lugar, siendo su padrino don Ignacio Rayón.

Cuando pasaban los arrieros, les dejaban noticias. A retazos, les contaron que aprovechando la oportunidad de la invasión francesa a España, el licenciado Primo de Verdad y Ramos, unido al fraile mercedario peruano Melchor de Talamantes, se había presentado ante el Virrey, seguido por otro colega independentista: Azcárate.

Francisco Primo de Verdad era un genio político y un verdadero patriota, que había encontrado el camino para lograr La Independencia sin que se derramara una gota más de sangre mexicana. Invirtió todo su saber y su tiempo en redactar leyes y decretos para regir a una nación independiente cuya soberanía iba a radicar en el pueblo.

Hombre talentoso, conocía bien el alma del Virrey Iturrigaray y la podía describir en tres palabras. Ambicioso, desleal y ladrón. Con una sutileza que lindaba en lo genial, y secundado por Talamantes y su colega Azcárate, le hizo la propuesta que apoyaban todos los criollos que amaban y respetaban a Primo de Verdad:

Iturrigaray gobernaría de manera independiente de España y su primer acto sería promulgar las leyes propuestas por los criollos.

El Señor Virrey se esponjó como un

guajolote, sacudiéndose un poco de la caspa que siempre le blanqueaba los hombros. ¡Todo el poder sobre la riquísima colonia sería suyo! Todo el dinero... los minerales de oro y plata... ¡Todo! ¡Y nadie podría reclamarle, porque él sería la autoridad absoluta! ¡Por supuesto! ¡Aceptaría "*sacrificarse*" por la Nueva España!

La Audiencia, integrada por españoles, tomó la decisión del Virrey como un acto de traición a España. En La Audiencia, se congregaban los españoles más ricos y el alto clero. ¡Inaceptable!

Como si la fecha del 15 de septiembre fuera ominosa para la Nueva España, ese atardecer entró al Palacio Virreinal un hacendado rico y poderoso, capitaneando a otros trescientos españoles. Gabriel Yermo era el comisionado de la Real Audiencia para terminar con los planes independentistas y con el traidor Iturrigaray. Con ellos, venía el militar de carrera Pedro Garibay. Para Yermo, era el Virrey ideal que obedecería todas sus órdenes, ya que era muy anciano, tímido y falto de carácter.

Vencieron fácilmente la resistencia de los pocos soldados que había en Palacio y entraron a la fuerza hasta la Sala Virreinal, donde estaban reunidos Iturrigaray presidiendo la sesión y, a un lado suyo Primo de Verdad, Talamantes y Azcárate.

Con la daga toledana en una mano, Yermo se acercó al señor Virrey y le puso la punta en la garganta. Yermo era un hombre temible: De gran estatura, fuerte, buen bebedor de vino, barba negra y cerrada, hacendado opulento y señor de Horca y Cuchillo para sus peones y sus familias.

—¡De pie, traidor!

Al señor Virrey se le congelaron las rodillas y se le mojaron los pantalones entibiándole las rodillas. No pudo levantarse, y la daga de Yermo desenterró unas gotitas rojas que mancharon la golilla blanca.

—¡Serás valiente con un hombre desar-
mado! –gritó Primo de Verdad lanzándose
sobre Yermo que, sin quitar la daga de la
virreinal garganta, le asestó un puñetazo de
revés que le reventó los huesos de la nariz.
Primo iba a levantarse cuando le cayeron
encima los secuaces de Yermo y lo tundieron
a golpes.

El abogado Azcárate corrió para auxiliar a su amigo, pero no logró avanzar ni tres
pasos antes que lo atraparan Los Parianistas,
como se hacían llamar los hombres de Yermo.

El religioso peruano, se puso de pie con
gran violencia y echó a correr al sitio de la
trifulca. Pero dos españoles lo detuvieron,
levantando su cuerpo ligero en vilo. Fray
Melchor pateaba como cabra joven, moliéndo-
le las espinillas con los talones a sus captores,
profiriendo insultos, maldiciones y hasta una
que otra Anatema.

Un poco andando y un poco a rastras,
fueron a dar a las mazmorras que el Santo

Oficio tenía en Santo Domingo. El Virrey, la Virreina y sus hijos quedaron recluidos en el Convento de San Bernardo donde a la brevedad se les embarcaría hacia Cádiz, ya que el ex mandatario respondería por cargos de traición, malversación de fondos y peculado.

Pedro Garibay, el nuevo y anciano Virrey, sentadito en el trono miraba el piso lleno de sangre y los sillones derribados. Para su suerte, aquel trono era mullido, tibio en sus terciopelos rojos y guardas doradas. No pasó mucho rato antes que clavara la barbilla en el pecho y se quedara dormido. Un hilillo de saliva le brillaba de la boca abierta escurriéndose al pecho.

Por la mañana temprano, se reunieron los jueces en Santo Domingo. Un crucifijo al centro y tazones de chocolate y panecillos de leche, manteca y yemas. Una caja de Habanos recién abierta. En la Cámara de Juicios se escuchaba el eco abovedado de sorbidos y sopeados de pan; el humo de los puros mataba un poco la peste a orina y excremento que salía de las mazmorras.

Al terminar su desayuno y los eructos satisfechos, ordenaron al carcelero que trajese al primero y mayor de los culpables: El abogado Francisco Primo de Verdad.

Unos instantes después, el carcelero regresó solo y con los ojos encandilados.

— ¡Sus Ilustrísimas! El abogado amaneció muerto... Alguien le apretó el cogote con un cordón.

—Ya recibió su merecido, –dijo Sánchez, el menos viejo de cuatro jueces– Que se presente Fray Melchor de Talamantes.

El fraile mercedario se distinguía por su inteligencia brillante, y con una mirada catalogó a sus jueces. Torvos, fanáticos y adictos al halago. Melchor de Talamantes Salvador y Baeza, con sus cuarenta y tres años tenía lauros intelectuales que pocos alcanzaban: Pertenecía a la Orden Real y Militar de Nuestra Señora de La Merced, ostentaba en la Universidad de San Marcos de

Perú las Cátedras de Filosofía, Teología y Sagradas Escrituras. Era un estudioso de La Historia y orador carismático.

Talamantes obtuvo permiso de su Provincial para viajar a España, pasando por México. El Rey de España le solicitaba un reporte crítico de deslindes en Texas y La Louisiana. El peruano trabajó arduamente un año... durante el cual perdió interés en seguir su viaje a España, ya que con la invasión francesa en España, se unió con sus amigos criollos convencido de que la hora de La Libertad había sonado en la Nueva España.

—Os acusamos de ciento veinte cargos –pronunció el juez Ramírez, feliz al saber que iba a hundir a semejante eminente historiador, teólogo y orador. Ramírez ocultaba ferozmente su analfabetismo casi total bajo la semblanza de ser un religioso adusto e inflexible.

Se había cateado la casa de Talamantes, y se encontraron documentos tales como las primeras disposiciones para defender a "este reino independiente de la probable invasión francesa"; "propuesta y organización para establecer un Congreso Nacional del Reino de la Nueva España y alegatos sobre la justicia de la Independencia". Con aquellos cargos y esas pruebas, ni diez hogueras ni tres pelotones de soldados serían suficientes para hacerlo expiar su culpa.

Varios días se prolongaron las audiencias, y en uno de ellos, se avisó a los señores jueces que también el abogado Azcárate había amanecido estrangulado en su celda, "con un mecatito igual, sólo que más largo".

"Soplan malos vientos" pensó Fray Melchor y redobló su inteligente defensa mezclando razonamientos demasiado complicados para sus jueces –que no podían aceptar que no entendían nada– halagos sutiles y juramentos de "trabajar por reformar sus ideas".

Llego el día de la sentencia: Fray

Melchor de Talamantes sería recluido en el Castillo de San Juan de Ulúa y quizá, posteriormente, enviado al destierro en España. Los jueces sabían que le estaban condenando a una muerte segura, ya que en el Castillo de San Juan había cuarentena por la fiebre amarilla.

Talamantes salió de la Ciudad Capital cargado de cadenas para ser encerrado en una de las mazmorras encharcadas del Fuerte Español. No se le permitió llevar ni siquiera un libro y encadenado quedó hasta después de haber muerto por el contagio de La Peste.

Leona y Andrés recibían las noticias fragmentadas, un pedacito de unos y un retazo de otros. Las iban uniendo como si hubieran sido trozos de hilo: para Andrés eran como los eslabones de una cadena de tristeza, de amargura, de desesperación por poner a salvo a Leona y a Genoveva.

Para Leona eran como un latigazo en

pleno rostro: Puyas que la encendían en rabia, que le empujaban los ojos hacia la capital con ganas de echar a correr fusil en mano.

Nicolás Bravo, Vicente Guerrero y otros más, seguían luchando y Leona deseaba unirse a ellos, pero le pesaba el alma con la angustia viril de Andrés que agonizaba por ver a su familia a salvo. Sin que Leona lo supiera, Andrés había entregado a uno de los arrieros una petición de indulto. Proponía incluso, y estaba dispuesto, que le quitaran la vida con tal de que su esposa y la pequeña tuvieran seguridad.

Ahí mismo recibieron la noticia del fusilamiento de Morelos... Andrés se sentó en el suelo y se apretó la cabeza con las dos manos. Leona, con la enagua estremecida por el viento de la serranía, recibió la noticia de pie, con Genoveva montada en una cadera, cara al sol. Andrés no vio las lágrimas que le dejaban surcos en las mejillas.

¡Ay, Padre Morelos! ¡Amigo don Chema! ¡Corazón de La Patria! ¡Viejo hermoso proclamando decretos y leyes para abolir la esclavitud!. Hombre alegre sorbiendo refino, chupando charanda y bailando El Jarabe o cantando desparpajado al son de una guitarra insurgente. Se había jugado un albur de amores por La Patria y había pagado con la vida.

Andrés seguía saliendo con los grupos guerrilleros y emboscando realistas. Leona esperaba el regreso con enorme angustia, vendas limpias hechas con harapos y una enorme olla con agua sobre la hoguera... Siempre regresaban algunos heridos, y curarlos era ahora la forma en que ella seguía luchando. Muchas veces, los acompañaba hasta las puertas de la muerte y les cerraba los ojos murmurando a su oído palabras reconfortantes sobre la Vida Eterna y La Libertad.

Algunos le pedían que escribiera cartas a su familia o que les enviara su Rosario o las pocas monedas que llevaban en el bolsillo.

María Leona lo hacía y muchas veces, las cartas llegaban manchadas por sus lágrimas ocultas.

Siguieron las escaramuzas, con Andrés capitaneando a los grupos rebeldes cada día más escasos, hasta que el 14 de marzo, Leona avistó a un destacamento realista jefaturado por Vicente Vargas, a quien ella conocía bien. Ya no tardarían más de diez minutos en llegar al refugio de Tlacopuzca.

Eran las siete de la mañana, y Andrés dormía en la cabaña. Leona dejó a Genoveva sobre el piso de tierra y sacudió con violencia a su esposo.

—¡Andrés! –Y le mojó la cara– ¡Despierta, Andrés! Se acerca un destacamento y estamos solos!

—¿Qué? ¿Dónde? ¡Mi rifle!

—No, mi amor. No. ¡Nos harían pedazos si abres fuego y podrían matar a Genoveva!

—¡Dios Mío!

—¡Huye, Andrés!

—Imposible, Leona. No puedo.

—¡Tienes que irte! Si encuentran a un hombre, es seguro que nos matan... pero no a una mujer con una criatura en brazos...

Y lo empujó por la espalda. Andrés se inclinó y sacó un sobre cerrado de su morral para entregarlo a Leona.– Por favor, Leona. Entrégalo al jefe del destacamento.

Leona lo tomó. Ni siquiera le interesaba saber qué contenía el sobre. – ¡Te digo que te vayas, Andrés!

No pasaría mucho tiempo sin que María Leona supiera el contenido del sobre: Una petición de indulto para la Familia Quintana Roo Vicario.

Finalmente, Andrés obedeció, quedándose oculto tras unos árboles: Si escuchaba un solo grito de Leona...

Vicente Vargas desmontó, y sus hombres se quedaron pasmados. ¿Qué hacía el capitán Vargas descubriéndose y doblando la cintura ante aquella harapienta?

—Mis respetos, señora de Quintana Roo. Soy el Capitán Vargas y voy a rogarle que nos acompañe –Señaló un caballo sin jinete. Eran dos, seguramente uno de ellos dispuesto para Andrés.

—¿Regresará pronto su esposo?

—Jamás, Vargas –respondió Leona poniendo en sus manos el sobre que le había entregado Andrés.

Y el Capitán Vargas había oído demasiado sobre Leona y su temperamento. Mansamente, la ayudó a subir al caballo con Genoveva en los brazos y tomó la rienda antes de montar el suyo... Leona sonrió al ver que el caballo que se destinaba a Andrés iba sin jinete.

Vargas observaba de reojo a Leona, tan silenciosa, y pensaba: "Gallo que no canta, algo tiene en la garganta".

Capítulo 13

Las cosas de Palacio, van despacio

aminito a Tepejuilco, donde Leona quedó presa con Genoveva, y Vargas envió el sobre cerrado al Teniente Coronel Miguel Torres.

La vida en la cárcel era más cómoda que la que llevaba Leona en la sierra: Tres alimentos y un buen jergón para dormir. Por las noches, contemplaba las estrellas pensando en si Andrés las estaría mirando. Tenía tiempo para cantarle a Genoveva las mismas canciones de cuna que aprendió de Camila... y luego se reía solita al escuchar sus desafines.

Andrés sentía volverse loco. Podía imaginar a María Leona frente al pelotón de fusilamiento... a su hija, perdida. Aquel hombre de espíritu noble era la personificación de una cuarteta cervantina:

Por eso juzgo y discierno
por cosa cierta y notoria
que tiene el amor su gloria
a las puertas del infierno.

Estaba dispuesto a todo por su familia: A dar la vida, a doblegar su orgullo y ofrecerse para servir al Rey... Y en esos términos, le envió una carta a Torres.

Torres concedió el indulto a gran prisa: *A enemigo que huye, puente de plata* y envió un correo con la noticia a Andrés. Por lo pronto, se otorgaba el indulto y podrían vivir en paz mientras se determinaba si se les desterraría a España de manera vitalicia.

El abrazo entre Andrés y María Leona duró una eternidad, aplaudido por las palmas de la pequeña Genoveva. En extrema pobreza, enamorados y demasiado altivos para pedir apoyo económico a los San Salvador, se alojaron en una casucha miserable situada en Toluca.

Andrés Quintana luchaba a brazo partido, estudiando por las noches y trabajando en el día. Las cartas y oficios que enviaba al virreinato, sostenían que, si se les había concedido el indulto, no había razón alguna para querer castigarlos con el destierro a España. Igualmente, el abogado Quintana demandaba, con sólidas bases legales, que se restituyeran a su esposa los bienes cuantiosos que se le confiscaron.

Una noche, Andrés regresó a casa llevando unas flores silvestres que, con una reverencia, puso en manos de María Leona excepto por una margarita que le entregó a Genoveva.

—¡Regálenme un abrazo, que les traigo un gran presente!

Leona y La Beba lo abrazaron y Andrés sacó un documento y lo entregó a Leona:

—¡Andrés! ¡No creo a mis propios ojos!

—Pues créelo, mi reina –murmuró el abogado sonriendo de oreja a oreja al ver los ojos asombrados de Genoveva que nada alcanzaba a comprender.

—¿Qué es, papito? ¿Mamá?

—Es el permiso para que crezcas en tu propia patria no en España...

La chiquita puso los puños cerrados en la cintura. –¿Y quien iba a prohibírmelo?-. Y en sus enormes ojos oscuros relumbraba la antigua furia de La Leona. Sus padres se rieron hasta que brotaron las lágrimas.

Cuando La *Beba* se perdió en sus sueños, Andrés y Leona se sentaron a la puerta de la casucha, tomados de la mano, público atento al concierto de los grillos. Las estrellas y las luciérnagas competían en fulgores como queriendo apagar el azul de la turquesa que descansaba en el dedo de ella, iluminada por la luz blanca de la luna.

Leona recargó la cabeza en el hombro fuerte de su esposo, sin mirarlo a la cara.

—Vamos a tener otro bebé, Andrés.

Se acabó la luna, las luciérnagas huyeron y Andrés la levantó en sus brazos para iniciar una loca danza de gozo bajo las estrellas.

Con nuevas fuerzas Andrés seguía peleando con todas las armas: Pedía autorización para viajar a México y exponer el caso de las Haciendas de Mañí, El Peñol Viejo y todo lo que se había robado a su esposa, manifestando que él nada tenía que reclamar, pero que su esposa había sido cobardemente despojada.

Los trámites se siguieron arrastrando hasta que nació la segunda y última hija de los Vicario Quintana Roo. María Dolores, a la que La Beba dio la mejor bienvenida: Aplaudiendo y prestándole su única muñeca, una de trapo que le había confeccionado su madre con retacitos limpios y cabellos de estopa.

Y María Dolores trajo un regalo a sus padres: Llegó el día de su nacimiento la autorización para que se asentaran a residir en la Ciudad de México, donde Andrés podría reincorporarse al Ilustre y Real Colegio de Abogados.

María Leona le escribió a su hermanastra Luisa avisando del nacimiento de su segunda hija y comentándole que había quedado delicada por un parto prolongado y muy difícil.

Luisa respondió con una rapidez y una ternura tal que convenció a la pareja de que Leona se alojara en su casa donde Luisa "la atendería de rodillas proporcionándole los mejores médicos y los más amorosos cuidados". María Leona fruncía el ceño con desconfianza, pero Andrés era uno de esos hombres en los que el candor es hermano siamés de la honestidad... y finalmente, la convenció de que no había nada que maliciar en la actitud de Luisita.

Emprendieron el camino a la gran ciudad virreinal, donde Andrés depositó a su familia en las manos de Luisa y se marchó a buscar trabajo y una casa donde alojar a sus *tres reinas*.

La insistencia de su cuñada Luisa para que también él se alojara en su casa no cambió la decisión de Andrés: Estaba ilusionado como un chiquillo pensando en obtener un buen empleo en algún despacho para proveer a su familia de una casa decorosa y en regresar al Colegio.

Luisa hizo que una de las nanas de sus hijas atendiera a las dos pequeñas y se dedicó a consentir a Leona y a que se siguieran aquellas órdenes del doctor Chávez, que era el médico de moda entre las damas de sociedad de la Nueva España.

El descanso, los brebajes medicinales y la buena alimentación le devolvieron las fuerzas a María Leona, al extremo de que una mañana, aceptó la invitación de Luisa para ir a Palacio, llevando a las niñas, para presentarlas ante el Virrey Don Juan Ruiz de Apodaca, que *"había manifestado simpatía por la noble acolhua rebelde"*.

De alguna manera, María Leona aceptó sintiendo que tenía cierto deber de gratitud para el hombre que les había concedido el indulto y que quizás, por su intercesión, se podrían recuperar sus bienes. Luisa le prestó un vestido que no se ponía desde que era soltera y que aún así le quedó enorme a Leona.

Juan Ruiz de Apodaca, Vizconde del Venadito, el sexagésimo primer Virrey de la Nueva España era hombre noble por abolengo. Honesto y justo, ofreció la amnistía a los Insurgentes.

Su elevada estatura lo hacía gallardo gracias a su espalda erguida. Tenía los ojos oscuros, los cabellos muy negros y con algunas canas prematuras en las sienes, el mentón firme, la barba partida y la nariz aguileña que lo hacía parecido a un cóndor. Los cortesanos y muchos españoles lo criticaban porque tomaba un baño diario, *igual que los indios*.

Don Juan Ruiz de Apodaca las recibió casi de inmediato, y Luisa entró por delante al Salón de Audiencias, para correr, en una actitud indigna, hasta tomar un brazo del gobernante.

—Esta es mi media hermana Leona, señor, –dijo señalando a María Leona. – A diferencia de ella, siempre he sido leal, y se la he traído porque no acepto ser cómplice de su herejía. ¡Encerradla con sus hijas bastardas para que no siga cometiendo más delitos contra Dios y contra El Reino! –Y le tomó la mano a Ruiz de Apodaca para besarla.

El Virrey retiró la mano como si se la hubiera escupido una serpiente. –¡Quite de ahí, señora!

María Leona, con una hija en brazos y la otra prendida a su falda sentía la mente en blanco, y miraba fijo, fijo a Luisa que seguía de pie, con la boca abierta y los ojos desorbitados: ¡Qué error tan imperdonable acababa de cometer, cuando sólo buscaba estar en gracia con el Virrey y deshacerse para siempre de la acolhua y sus escuinclas! Se secó el sudor con la manga de brocado. ¿Y para esto había tenido en su casa a la hermanastra maldita y a sus dos crías?

Y don Juan Ruiz de Apodaca se acercó a Leona:

—Señora mía, ¡querría que fuese usted española si mi Patria estuviera en peligro! He seguido sus pasos y no conozco heroína ni dama igual. Le suplico vaya en paz a su casa y cuente conmigo como su más humilde servidor y admirador, con la venia de su señor esposo, a cuyas órdenes le ruego me ponga.

—Gracias –murmuró Leona. —Es usted un caballero-. Y salió sin decir una palabra ni poner los ojos en Luisa. La Marquesa, seguía secándose la frente cuando Ruiz de Apodaca se acercó un poco, como si fuera una enferma contagiosa.

—Márchese, señora. Si en mi poder estuviese, la desterraría, pero no a España porque que mi Patria no gusta de albergar cobardes ni canallas. Y no me irrite ni vuelva a presentarse en Palacio. ¡Salga, señora o la sacan mis esbirros!

Capítulo 14

Consumatum Est

Don Vicente Guerrero era la luz independentista más refulgente que sobrevivió a la muerte de Morelos, secundado por Nicolás Bravo.

Sólo se requería un golpe fuerte para arrancar de raíz la insurrección en la Nueva España, y el Virrey Apodaca echó mano de su mejor carta: don Agustín de Iturbide y Arámburu, que no sólo era un buen guerrero, sino un político innato y un oportunista de primera línea.

Guerrero resultó mejor estratega que Iturbide y lo derrotó en varias escaramuzas...

pero don Agustín dio un giro completo y en una misiva, le propuso a Guerrero que unieran sus fuerzas luchando por La Independencia, por "Las Tres Garantías", que eran Libertad para la Patria, Igualdad de derechos para españoles, criollos y mestizos y El Catolicismo como religión oficial. Guerrero aceptó.

El Plan de Ayala había nacido y El Ejército Trigarante se dirigió a La Ciudad... Don Juan O'Donojú, el virrey sucesor de Apodaca, se dio cuenta de que la situación era insostenible y aceptó la independencia de México.

El 27 de septiembre de 1821, El Ejército Trigarante entró a México con Iturbide y Guerrero a la cabeza. Ahí comenzó a ponerse en evidencia el espíritu megalómano y caprichoso de don Agustín, que desvió el desfile para entrar por la calle de Plateros. Todo el interés es que desde su balcón lo viera entrar triunfante *La Güera Rodríguez*, la más hermosa dama de sociedad de La Capital.

En la sencillez patriótica de Guerrero, el acto fue muy revelador. En su cuerpo bullían sangres distintas: La india, la negra y alguna filtrada gota española... y el talento brillante de las tres. A diferencia de Iturbide, Guerrero sólo acariciaba una ambición: la Libertad de La Patria y ningún logro o relumbrón personal.

Antonio López de Santa Anna, el exmilitar realista, se levantó en Veracruz proclamando el Plan de Casa Mata, que desconocía a Iturbide.

Todo se confirmó cuando en marzo del año siguiente, Agustín se auto proclamó Emperador de México. Poco después ordenó que liberasen a Nicolás Bravo, encadenado en su propia hacienda, que hacía seis años antes no quiso venderle al que hoy se hacía llamar *Su Alteza Serenísima*. De inmediato, Bravo se unió a Guerrero y no les costó mucho echar a don Agustín de su flamante trono.

Fue el mismo Nicolás Bravo quien

escoltó a la familia Iturbide para que saliera al destierro. De ahí volvería en menos de dos años después, intentando recuperar el trono, sólo para ser ejecutado.

Andrés no cejó en su lucha hasta que el Gobierno compensó a Leona del despojo: La Hacienda de Ocotepec, y las casas 2 y 3 de Santo Domingo así como las 9 y 10 de la Calle de Cocheras de La Ciudad. Leona y su familia se instalaron en la casa número dos de la Calle de Santo Domingo...Por fin, tenían un techo seguro y digno para sus dos hijas.

Para entonces, el Congreso había nombrado Presidente a Guerrero, cuyo primer acto equivocado fue señalar al ex realista Bustamante como Vicepresidente y Jefe del Ejército de Reservas.

No tardó el traidor en unirse con Facio, el Ministro de la Guerra, para derrocar a Guerrero. Y fue Andrés, para entonces diputado, quien se opuso con mayor energía a los actos arbitrarios de Facio, que se había empeñado en desterrar al patriota Gómez Pedraza, ya muy enfermo y pobre.

Bustamante engañó a Andrés prometiendo quitarle el cargo a Facio... pero no lo hizo y Quintana, ya Presidente de La Cámara, comenzó a publicar un periódico de protesta: *El Federalista Americano*, de abierta postura en contra de Bustamante y sus secuaces.

María Leona colaboraba incansable con aquella pluma que jamás perdió el filo, con la misma ironía elegante que la hacía temible. Unas semanas más tarde, varios soldados se presentaron al anochecer en la Calle de Santo Domingo, golpeando la puerta y exigiendo que se presentara el abogado Quintana. Encabezado por dos oficiales, el grupo se quedó en la puerta y María Leona salió al encuentro de los dos oficiales.

Al decirle que requerían hablar con su esposo, Leona les respondió que Andrés estaba de viaje, pero que ella podía responder a cualquier pregunta. Molestos, los oficiales se retiraron dejando en la puerta un piquete de soldados con órdenes de aprehender al Diputado Quintana Roo.

Leona hizo lo que ninguna mujer de su época se habría atrevido a hacer: Salir por la noche, sola, y llegar a Palacio exigiendo que la recibiera Bustamante.

Después de una larga antesala, Anastasio Bustamante la recibió con una risilla despectiva.

—Diga usted, señora, ¿qué hace una dama por las calles a estas horas y en qué puedo servirla?

—Usted sabe bien de qué se trata, señor Bustamante. Y también sabe que mi esposo y yo luchamos para que en nuestra Patria ya no se diera la represión.

—¿Represión? ¿A qué se refiere, señora?

—Hay un piquete de soldados esperando al abogado Quintana en la puerta de mi casa. ¿Cómo me pregunta usted a qué me refiero, señor? ¡Tengamos seriedad!

Bustamante mandó llamar a su secuaz favorito, Codallos, que era el Comandante General y lo cuestionó al respecto. Codallos lanzó una carcajada burlona:

—A los escritores, hay que reducirlos a palos. Es la única manera de hacerlos entrar en razón y cordura.

—¿Y usted permitirá esto, señor Bustamante? ¿Se ha vuelto loco, señor Codallos?

—No, señora, como no se escribir, respondo a palos. Ese es un idioma que hasta ustedes, los *cultos* entienden bien.

—Perdón, señora Quintana –terció Bustamante al ver que María Leona se acercaba peligrosamente a Codallos.

—Sucede que ese periodiquillo ha difamado a mi amigo, el señor Otero, que es quien ha exigido una satisfacción...

—¿Escondido bajo los faldones de su levita, señor Bustamante? ¿Y por qué no ha buscado a mi marido para pedirle esa satisfacción, si tan hombre y tan inocente es?

—No puede uno andar buscando a todos, los que insultan señora mía, –murmuró Bustamante con un suspiro de fastidio.

—Pues siento recordarle que no siendo usted el Sultán de Constantinopla, sino el Presidente de una República libre, debería impedir que se hiciera burla de las leyes y asegurar que no se atacara a los ciudadanos que, como Quintana, expresan su opinión abiertamente.

—¿Y qué quiere de mí, señora ¡Terminemos!

—¡Garantías para la seguridad de mi esposo!

—Puedo prometerle que dentro de su

casa, nada le pasará a Quintana. No puedo responder por lo que le suceda en la calle.

—Tiene razón, señor Bustamante. Porque al no vivir en un estado de derecho, nadie puede responder por la vida ajena. Pero le digo a usted y al señor Codallos que, dado que vivimos La Ley de la Selva, yo les haría responsables directamente...

—No es usted sino una mujer. No lo olvide ni me haga olvidarlo.

—Pues vaya olvidando, porque con mi propia mano me cobraría en ustedes lo que suceda a mi marido. Y quiero recordarle que jamás me tembló el pulso para empuñar ni una pistola ni un rifle.

— ¿Nos amenaza?

—Les aviso. Y no se necesita ser mucha mujer para ejecutar a dos descastados. ¡Buenas noches, señores!

El periódico *El Sol* desató su campaña al día siguiente, en primera página, alegando que la señora Quintana, había solicitado escandalosamente y por la noche una entrevista con el Señor Presidente, que sólo la recibió por ser tan caballeroso y para ser insultado soezmente por dicha señora que no era sino *una "soldadera con falda de seda".*

Al día siguiente, *El Sol* recibió un comunicado en el que Leona Vicario declaraba que "defendía a su esposo porque estaba ausente. Pero que Quintana no tenía problema en la lengua y lo haría él mismo cuando estuviera de vuelta, porque no era decente atacar a un hombre que no estaba presente para defenderse".

El Sol se guardó muy bien de publicar el escrito de Leona, y respondió con su vulgaridad usual haciendo una caricatura de la Insurgente en la que se le mostraba como *Don Quijote con Enaguas.*

María Leona publicó su testimonio en *El Federalista* y acusó a *El Sol* de "periódico comprado por Bustamante y protegido por Codallos".

El Sol emitió la noticia de que no seguiría adelante con el asunto hasta que el Señor Presidente o el Señor Codallos respondieran a los insultos de "aquella mujer que salía por la noche para ir a Palacio".

Y fue Codallos quien respondió a través de las páginas de *El Sol*, diciendo que la tal señora estaba histérica y pedía "seguridad" para su marido al que nadie había atacado. Que no había delito qué perseguir, y que era verdad que había respondido a la esposa del Diputado Quintana con algunas palabras fuertes, pero incitado por ella, que había dicho frases que la pluma no podía transcribir.

Y no tuvo que esperar respuesta, porque María Leona respondió a través del único canal abierto, *El Federalista*, maravillándose del "milagro que el señor Codallos haya apren- dido a escribir en una semana. Que ella sí había proferido palabras fuertes. Y que hacía públicamente responsable a ambos por la seguridad de su familia".

El Gobierno de Bustamante había dado un giro completo: Dos días más tarde, se publicó la emboscada a Guerrero, al cual el mismo Facio llevó traidoramente a un buque italiano para que los secuestraran a cambio de cincuenta mil pesos. Dos día más tarde, Guerrero caía muerto ante las balas de un pelotón de fusilamiento. Para Facio, el negocito fue favorable, porque Bustamente le pagó la sangre de Vicente Guerrero con el puesto de General de Brigada.

El Gobierno seguía persiguiendo a Quin- tana, que para entonces ya había sido avisa- do por María Leona de que Bustamante y Codallos ofrecían dinero por su cabeza. Y ella seguía defendiendo el fuerte con su pluma incansable, ya que ahora la perseguía a tra- vés de *El Sol,* el historiador Lucas Alamán, primer enemigo de La Insurgencia de actitud solapada.

El mismo Alamán acabó por guardar silencio cuando se percató de que la opinión pública estaba completamente a favor de María Leona.

Por fin, en 1832, el pueblo se levantó contra Bustamante y se devolvió la presidencia a Gómez Pedraza, al que Quintana y Leona habían defendido con tanto valor.

Ese día, Andrés volvió para abrazar a su esposa y a sus hijas. No había hombre tan orgulloso como él, ni tan enamorado y devoto de su hermosa familia.

Las niñas crecieron y los esposos Quintana conocieron por primera vez la paz... pero aquello no iba a durar mucho tiempo.

María Leona seguía atendiendo a sus pobres,

socorriendo y defendiendo a los necesitados... pero cada día con menor vigor... Era
como una candelita que se va consumiendo.

Quintana la miraba con angustia: Le
había llevado a los mejores médicos y ninguno de ellos encontraba enfermedad alguna en
la acolhua, que se iba volviendo cada vez más
pálida, más delgada, más silenciosa.

Por las noches, se acurrucaba contra el
pecho de Andrés, que le acariciaba la sedosa
melena rojiza ya entrecana. Había cumplido
cincuenta y dos años y Andrés la amaba más
que el primer día, la encontraba cada vez más
bella y ahora, más suave. La apretaba contra
el pecho y le corrían las lágrimas por el rostro
curtido de luchador.

Aquel 21 de agosto, María Leona sólo
se levantó para acompañar a Andrés hasta la
puerta y volvió a su recámara, en la planta
alta. ¡Estaba tan fatigada! Se recostó sobre
los almohadones y miró su anillo de turquesa.

Lanzaba un brillo extraño que las turquesas no tienen, algo que le recordó a Leona un enorme lago al pie de un palacio.

—Leona... Escúchame

—¿Abuelo? Ay, abuelo hace tantos años que no venías

—Te dije que volvería el día de tu muerte, princesa

—¿Y hoy es el día, abuelo, siempre abuelo?

—Sí, mi princesa valiente. Ya cumpliste con tu misión y vas a ir de mi mano a La Casa del Padre.

Los diarios anunciaron:

"Participamos con dolor profundo la muerte, acaecida anoche a las 21 horas, de Doña Leona Camila de la Soledad Vicario de Quintana Roo, acaecida en su casa de Santo Domingo".

"Le sobreviven su esposo y sus dos hijas. Las honras fúnebres serán celebradas el día de hoy en la Iglesia de Santo Domingo. Pidamos por el descanso de su alma".

El Rey Poeta lleva de la mano a su bella princesa. A unos pasos, les sigue Toñita brincoteando de regreso a La Casa del Padre.

Leona Vicario

Guillermo Prieto

A Leona Vicario

I

SUELE EN PAVOROSA noche
soplar repentino el viento,
y rompiendo de las nubes,
retronando, el negro velo,
dejar absorta la vista
reverberantes luceros,
en una esfera infinita
de claridad y sosiego
suele torrente impetuoso,
al emprender rumbo sesgo,

derramar olas hirvientes
en escabroso descenso
que recorren, y dormidas
retratan el limpio cielo.
Suele en el espeso bosque
de precipicios cubierto,
al acaso abrirse un claro
de do percibe el viajero
claras fuentes, dulce sombra,
cabañas y refrigerio.
Así en medio a los horrores
que narro, aparece un cuento,
que comunica a la historia
los hechizos del ensueño.

II

Era la joven Vicario,
y era su nombre opulento,
prodigio de entendimiento,
y de virtud relicario.

Ardiente se enamoró
de un hombre que en nuestra historia
es honor, y luz, y gloria;
su nombre, Quintana Roo.

Quintana era cual conciencia
del ejército insurgente,
y era su pluma elocuente
alma de la Independencia.

La joven, que al héroe amaba,
entusiasta confundía
el amor que la encendía
con la causa que abrazaba.

Y así, henchida de pasión,
arrebatada, vehemente,
se hizo brazo y confidente
de don Ignacio Rayón.

Es delatada, se oculta
la aprehenden, y en el momento,
de Belem en el convento
sin piedad se la sepulta.

Feliz de sufrir, contenta,
al Virrey dijo verdades,
y censuró sus crueldades
con amargura sangrienta.

Iracundo está el poder,
y redobla su violencia
verse puesto en evidencia
por una débil mujer.

III

Era la noche; tres bultos,
salen de la sombra incierta,
y del convento a la puerta
fuerzan, penetrando ocultos.

En un alazán ardiente,
por la noche protegida,
es la joven conducida
a poder de su insurgente.

Donde delante de Dios
y frente al divino altar,
se juraron siempre amar,
sirviendo al pueblo los dos.

Y la historia en la ciudad
fue mirada, con razón,
de los tiranos baldón,
y honra de la libertad.

Guillermo   Prieto
(1818-1897)

La heroyca Ciudadana Mª Leona
Vicario.

Esta obra, que consta de 1,000 ejemplares más sobrantes para reposición, se terminó de imprimir el día 6 de mayo de 2003, en los talleres de Editorial Libra S.A. de C.V.